UN VIAJE CÓSMICO, A PUERTO FICCIÓN

A LA
ORILLA
DEL VIENTO

Primera edición, 2018

Villalobos Alva, Juan Pablo
    Un viaje cósmico a Puerto Ficción / Juan Pablo Villalobos
Alva; ilus. de Mariana Villanueva Segovia. — México : FCE,
2018
    148 p. : ilus. ; 19 x 15 cm — (Colec. A la Orilla del
Viento)
    ISBN 978-607-16-5829-6

    1. Literatura infantil I. Villanueva Segovia, Mariana, il. II.
Ser. III. t.

LC PZ7   Dewey 808.068 V196v

Distribución mundial

© 2017, Juan Pablo Villalobos, texto
Este libro se escribió con apoyo del Sistema Nacional de Creadores de Arte 2016-2019

© 2017, Mariana Villanueva, ilustraciones

D. R. © 2017, Fondo de Cultura Económica
Carretera Picacho Ajusco, 227; 14738 Ciudad de México
www.fondodeculturaeconomica.com
Comentarios: librosparaninos@fondodeculturaeconomica.com
Tel.: (55)5449-1871

Colección dirigida por Socorro Venegas
Edición: Angélica Antonio Monroy
Formación: Miguel Venegas Geffroy

ISBN 978-607-16-5829-6

Impreso en México • *Printed in Mexico*

UN VIAJE CÓSMICO, A PUERTO FICCIÓN

JUAN PABLO VILLALOBOS

ilustrado por

MARIANA VILLANUEVA

FONDO
DE CULTURA
ECONÓMICA

Índice

Para Ana Sofía y Mateo
J. P. V.

PRIMERA PARTE

Fríos, hambrientos y solos

Nellie ha vuelto a hacer una de las suyas

Todo empezó un mediodía en que estábamos afuera de una taquería del centro con nuestros estómagos rugiendo como leones marinos. O como morsas o focas. Supongo que se entiende sin que haga falta una lista interminable de animales rugidores o gruñidores. Los rugidos hacían eco, porque no habíamos comido nada desde la tarde anterior y teníamos la barriga más vacía que la cueva de la Ensenada. Yo estaba viendo, golosamente, los movimientos del taquero, que se escondía detrás del vapor calientito del suadero, la lengua, la cabeza y la carne asada. El suadero. Me encantaban los tacos de suadero, hasta el día de hoy son mis favoritos. Por su parte, Nellie, que se creía la líder de la pandilla, y que actuaba como si lo fuera, llevaba un rato mirando a los clientes, analizándolos, hasta que de repente nos dijo:

—Síganme.

Se metió a la taquería, decidida, luego se giró un momento y le dijo a Sabino:

—Tú a lo tuyo, no vayas a fallar.

Lo "suyo" de Sabino era una cara que ponía y que a veces obraba el milagro de que nos regalaran los Sagrados Tacos del día. No era una cara triste, no se trataba de dar lástima. Era una cara *rara*. La llamábamos "cara de zanahoria". Más adelante intentaré explicarlo. Lo "mío", en cambio, era hacer bulto, distraer, provocar confusión. Era buenísima en eso. Ayudaba el parecido exacto que tenía con Sabino, a la gente le desconcertaba muchísimo que un niño y una niña fueran igualitos. El contraste entre la cara de zanahoria de Sabino y la mía, idéntica pero sin los gestos que la deformaban, hacía que se sintieran incómodos y que nos dieran cualquier cosa con tal de que desapareciéramos de su vista. Y de su vida. ¿Hace falta decir que Sabino es mi hermano gemelo?

A esa hora, la taquería estaba más o menos llena. Cuando digo más o menos, es exactamente más o menos: del total de ocho mesas, cuatro estaban ocupadas. Seguimos a Nellie hasta una mesa larga, donde seis personas engullían las tortillas repletas de carne y salsa procurando no mancharse la corbata en el intento. Eran empleados de la oficina de Gobierno que estaba a la vuelta de la taquería. Ya los habíamos visto otras veces, en nuestras excursiones, y nunca nos habían hecho caso. Al principio no entendimos por qué Nellie los había elegido. Bueno, en realidad sí lo sabíamos, o creíamos saberlo:

porque Nellie era muy terca. Terquísima. Tenía la cabeza más dura que un rinoceronte. Era la reina de las cabezas duras.

—Buenos días —dijo Nellie—, somos del Sindicato Niños Héroes, ¿nos ayudarían con una moneda o un taco?

(Más adelante explicaré también lo de "Sindicato" y lo de "Niños Héroes".)

Me le quedé viendo a Sabino: no era su mejor cara de zanahoria. Se le notaba, además, el esfuerzo, se veía a leguas que estaba fingiendo. Nellie repitió su perorata porque nadie le había respondido, porque los oficinistas seguían concentrados en vigilar el destino de las gotas de salsa que chorreaban de los Sagrados Tacos y porque, entre el ruido que hacía el taquero cortando cilantro y la televisión encendida en un canal de videos musicales, era probable que no la hubieran escuchado. Lo que sí se escuchó, de golpe, fue el vozarrón del taquero cuando nos descubrió a la distancia:

—¡No molesten a los clientes! ¡Órale, escuincles zarrapastrosos, para afuera o llamo a la policía!

Contra su costumbre, Nellie no ofreció resistencia e hicimos nuestro desfile de fracasados rumbo a la calle, con la cabeza gacha, ahora sí usando la lástima para ver si alguien se rebelaba contra la tiranía del taquero y nos ofrecía el Taco de la Pena. Pero nadie.

Imaginé que tendríamos que esperar un rato, hasta que la clientela cambiara, hasta que el taquero se olvidara de nosotros. Sin embargo, Nellie no se detuvo en la salida, continuó caminando, apresurada, hasta la esquina. Fuimos atrás de ella. Por cosas como ésta se creía la líder de la pandilla, porque parecía que siempre la estábamos obedeciendo. Cuando dio la vuelta en el malecón empezó a correr con todas sus fuerzas.

—¡Ráaaaaaaapido! —nos gritó—, ¡córranleeeeeeee!

Empezamos a correr locamente por el malecón sin saber por qué. Hasta adelante iba Nellie, gritando una y otra vez: "Cóooooorraaaanleeeeeeee". Detrás de ella iba Sabino, en segundo lugar, si hubiera sido una competencia. Pero no era una competencia, así que no me importaba ir hasta atrás. Yo era siempre la más lenta, no por tener las peores piernas, sino porque tenía floja la convicción.

¿Por qué estábamos corriendo?

Obviamente, estábamos huyendo, lo cual quería decir que Nellie había vuelto a hacer una de las suyas. La vi a lo lejos meterse a la playa. Iba a esconderse debajo del muelle de los Remedios. Entonces me atreví a mirar hacia atrás: nadie nos estaba siguiendo. Si estábamos huyendo, sería del hombre invisible. Sólo faltaba que todo hubiera sido una payasada. Típico de Nellie. Frené la carrera. Hice el resto del trayecto caminando, tratando de recuperar el aliento.

Usábamos los muelles como escondite y punto de encuentro. En la zona del malecón había tres: al sur, el del mercado de abajo, que en realidad se llamaba muelle del Desengaño; al norte, el del mercado de arriba, o muelle del Mesón, y en medio estaba el de los Remedios, cerca del centro y de la iglesia que le daba nombre. Más hacia el norte estaba el muelle del Retiro, en la playa del Limón, que se consideraba la frontera de Puerto Ficción, aunque la verdadera frontera, la natural, era la ensenada que le seguía. Al sur, la frontera la establecía el puerto de mercancías, que en los últimos tiempos operaba a media capacidad por el declive de la pesca.

Nos metíamos debajo de los muelles, entre los pilares, y a veces enterrábamos cosas en la arena, nuestros botines de guerra, calculando siempre los vaivenes de la marea, dependiendo de las horas del día. En verano incluso dormíamos ahí.

Me encontré a Nellie y a Sabino echados en la arena, boca arriba, resoplando, rodeados de esos agujeritos que hacen los cangrejos. Por la noche la marea subía y el agua cubría toda aquella zona de la playa. Me senté frente a ellos, dándole la espalda al mar. La arena estaba húmeda. Sabino había acompasado su respiración con la de Nellie, imitándola.

—Lo siento —le dijo Sabino a Nellie en cuanto pudo controlar su respiración.

Estaba acongojado y listo para la reprimenda. En ese momento compuso una cara de zanahoria perfecta. Eso es lo que pasa a veces: que cuando quieres hacer las cosas no te salen, y cuando no quieres, o no te das cuenta, te salen sin querer de manera perfecta.

—Eres tan tonto que ni siquiera cuando lo haces bien te das cuenta —le contestó Nellie, como si me hubiera leído la mente, aunque en realidad se refería a otra cosa.

Yo no dije nada para no darle ocasión a Nellie de que se siguiera burlando de Sabino. Me quedé callada, era lo que hacía muchas veces para evitar problemas. Escuché el ruido de unas garras que raspaban la arena al acercarse. Era Boris.

—¿Qué hay? —dijo Boris, a manera de saludo.

Le pasé la mano por la cabeza, rascándole detrás de las orejas, hasta que meneó la cola, contento. Luego se aproximó a donde Nellie continuaba echada y se puso a olerle la mano derecha.

—¿Y esto? —preguntó.

Nellie no dijo nada.

—¿Y esto? —repitió Boris.

Sólo entonces descubrí que entre los dedos de la mano derecha Nellie escondía el motivo de nuestra loca carrera.

El truco de la zanahoria

Las primeras caras de zanahoria, las originales, fueron involuntarias. *Auténticas*, para ser exactos. Quiero decir que Sabino no tuvo que componerlas, solitas salieron de adentro, de sus sentimientos más profundos que se materializaban en gestos. ¿En qué estaba pensando Sabino? ¿Qué estaba sintiendo?

Se lo preguntamos después, cuando nos dimos cuenta de que funcionaban, cuando se convirtieron en una de nuestras estrategias de sobrevivencia. Sabino, desgraciadamente, no supo explicárnoslo bien.

—Siento como quién sabe cómo —fue su misteriosa respuesta.

En cuanto a lo que pensaba, dijo que en un puesto del mercado de arriba una vez había visto a un conejito comiendo zanahorias. Que en la jaula habían colocado un periódico debajo, que las zanahorias estaban cortadas en rectángulos, que el animal agarraba los pedazos con las manitas y que luego las masticaba poco a poco. Que tenía cuatro dientes,

largos, manchados de amarillo. Sabino se quedó viéndolo mucho rato, hasta que al dueño del puesto le pareció sospechoso y lo amenazó con llamar a la policía.

—¿Te estabas acordando del conejito? —le preguntó Nellie.

Quería asegurarse de que Sabino aprendiera a reproducir esa cara cada vez que la necesitáramos. Era lo mismo que hacían los actores y las actrices del cine y de la tele cuando necesitaban llorar o parecer aterrorizados.

—No —contestó Sabino—, estaba pensando en la zanahoria.

Sé que fuiste tú

Era un teléfono celular de los más nuevos, con pantalla a colores y conectado a internet. Nos quedamos mirándolo de una manera tan intensa que empezó a sonar en el acto. Nellie apretó el botón rojo para cortar la llamada.

—Ya se dieron cuenta —nos dijo—. Hay que buscar rápido al Profe.

El Profe andaba casi siempre por los rumbos del parque de la Constitución, esperando a sus clientes. Y a sus proveedores. Compraba y vendía de todo, desde cigarros sueltos hasta un refrigerador o ropa usada. Su apodo completo era el Profeta, pero se lo habían recortado por flojera y había gente que creía que en lugar de Profeta era Profesor. Había sido cantante de jovencito, componía unas canciones sobre huachinangos electrónicos y palapas de luces de neón.

El teléfono sonó de nuevo. Nellie volvió a colgar.

—Esta vez has ido demasiado lejos —le dijo Boris, decepcionado.

—Tú qué sabes —le contestó ella—, tú eres un perro.

Boris se fue a echar junto a uno de los pilares laterales del muelle, se hizo un ovillo, se rascó el hocico, se lamió la pata, cerró los ojos y fingió desentenderse del asunto. Era un perro muy orgulloso, se ofendía por cualquier cosa. Últimamente andaba muy parlanchín, era lo que pasaba cuando teníamos mucha hambre, ya lo habíamos notado. La perra hambre. Cuanta más hambre teníamos, más hablaba el perro.

Hablábamos también con otros bichos, sobre todo con moscas, ratas y cangrejos, que era lo que más abundaba en los muelles del malecón. Tenían, además, la gran ventaja de ser magníficos informantes para encontrar comida. Había que vencer la repulsión que nos causaban, pero siendo honestos la higiene tampoco era una de nuestras virtudes. Nos metíamos al mar casi todos los días, pero lavarnos, lo que se dice lavarnos, era una cosa que no hacíamos muy a menudo. Más bien casi nunca.

El teléfono no dejaba de sonar. Todas las llamadas provenían del mismo número, identificado en la agenda como "Oficina". Era muy fácil deducir que el dueño del aparato estaba tratando de contactar con quien fuera que se lo hubiera encontrado, si pensaba que lo había extraviado. O con el ratero que se lo hubiera robado. Pero no usemos palabrotas. También cabía la posibilidad de que creyera que el teléfono se había quedado abandonado en algún sitio y que el ruido de las llamadas ayudaría a que lo localizaran. Además de las llamadas, el teléfono emitía todo tipo de sonidos que anunciaban alertas.

Nellie consiguió desbloquear la pantalla luego de un rato de intentarlo. Entonces pudimos leer los mensajes de texto que habían estado llegando, desde otro teléfono celular no identificado en la agenda, y se acabaron las especulaciones en mi cabeza.

Hola, niña del pelo verde.
Sé que fuiste tú. Te vi.
Regresa a la taquería y entrégame el teléfono.
No sabes con quién te estás metiendo.
Apúrate, estoy esperando una llamada muy importante.

Niños Héroes

No éramos niños héroes, por supuesto, ni tampoco creíamos que lo fuéramos. Era una ironía, aunque no supiéramos lo que eso significaba. Quiero decir que era una burla, que de hecho éramos exactamente lo contrario a niños héroes. Un nombre más adecuado para nuestra pandilla, sin ironías, habría sido "FHS", o sea, "Fríos, Hambrientos y Solos", que era como nos encontrábamos por aquel entonces: sin ninguna cobija para abrigarnos por la noche más que la de la Luna, sin los Sagrados Tacos de cada día y sin más compañía que la nuestra. Todo esto es una manera elegante de decir que vivíamos en la calle, que habíamos escapado de nuestras familias, que pasábamos el día inventando trucos para conseguir comida, dinero y un lugar para dormir. Y que teníamos doce años.

Éramos niños, y casi empezábamos a dejar de serlo, pasábamos por esa edad indecisa en que sentíamos cómo nuestros cuerpos nos avisaban que algo estaba cambiando en nosotros. Nos habíamos estirado, a pesar de la mala alimentación, de la falta de higiene, a pesar de que siempre nos dolía la barriga, tanto cuando la teníamos atiborrada como cuando la teníamos vacía. Éramos como los sargazos, esas algas gigantescas de las que se llenaba en verano el mar, que molestaban mucho a los turistas y que crecían monstruosamente sin más alimento que el sol de cada día.

A Sabino le había salido un bigotito ridículo encima de los labios, y Nellie y yo teníamos ahora vello en las piernas y un poquito en las axilas. Nuestros cuerpos cambiaban muy rápido, que es lo mismo que decir que el tiempo se escapaba a gran velocidad.

Se escapaba el tiempo como nos habíamos escapado nosotros un día de casa, sin mirar atrás, con ganas de no volver nunca. No me gustaría hablar de eso. No quiero ser melodramática ni aguafiestas, pero tengo que ser honesta. El hogar y la familia no son para todos los niños un lugar donde se sienten protegidos, cuidados, queridos, arropados. Sabino y yo huimos del pueblo donde vivíamos. Era un lugar pequeño, en el interior, a unos cien kilómetros de la costa y a casi doscientos de Puerto Ficción. Mis papás se habían ido al norte a buscar trabajo. Primero se fue papá y luego, cuando dejó de mandar noticias y dinero, mamá se fue a buscarlo. No volvimos a saber nada de ellos. Nos quedamos solos con mi abuelita, que tampoco podía cuidarnos porque estaba enferma, hasta que un día la tuvieron que internar en el hospital. Nos dijo que nos fuéramos a casa de unos tíos, que vivían en el pueblo de al lado, pero nosotros ni los conocíamos, así que con el dinero que nos dio nos subimos a un autobús rumbo a Puerto Ficción. Queríamos ver el mar y seguir hacia el norte, a buscar a nuestros papás. Pero nunca teníamos dinero para continuar el camino y nos fuimos quedando en Puerto Ficción, que al menos era un buen lugar para conseguir comida. Nos fuimos acostumbrando a esa nueva vida. Además, ¿adónde íbamos a buscar a nuestros papás? No teníamos ninguna pista. Y el norte es muy grande, es enorme, con miles de ciudades y millones de personas.

Han pasado más de diez años, ahora tengo veintitrés, y ahora sí me parece extraño lo que hicimos entonces. Irnos sin volver atrás. Abandonar a mi abuelita. Quedarnos en Puerto Ficción y olvidarnos de nuestros papás. Sabino y yo nunca volvimos a hablar de ellos, hicimos como si no existieran. En el fondo así era, pues ellos nos habían abandonado.

Empezamos a merodear el mercado de abajo para ganarnos los Sagrados Tacos del día. Ahí conocimos a Nellie, ahí se formó la pandilla. A Nellie no le gustaba hablar de su familia. Su papá también se había ido al norte, también se ha-

bía esfumado. Su mamá vivía en Puerto Ficción, pero no tenía una casa, vivía un día aquí y otro allá, a veces en la calle, como nosotros. Tenía un niño pequeñito, de dos o tres años. Nellie prefería estar sola, aunque de vez en cuando la veía. Supongo que había comprobado que tenía más probabilidades de sobrevivir sola que con su mamá y su hermanito. Cuando le preguntábamos por su familia, Nellie se quedaba callada o cambiaba de tema. Se metía en un caparazón, como si fuera una tortuga. Ése era su verdadero hogar: un caparazón duro que le servía para guarecerse de las inclemencias de la vida en la calle.

Fue Nellie la que empezó a decir que éramos un sindicato, un grupo de trabajadores que se había unido para defender sus derechos. También fue a ella a la que se le ocurrió la idea de la escuela. Íbamos a la hora de la salida al Colegio Niños Héroes. Era una etapa anterior a la cara de zanahoria, a estrategias más sofisticadas. Ahí todo era más primitivo. Empujábamos, amenazábamos, golpeábamos cuando no nos quedaba más remedio. Conseguíamos sándwiches, tortas, refrescos, golosinas, yoyos, balones de futbol, trajes de baño, toallas, monedas de poco valor. Funcionó durante un tiempo. Hasta que nos mandaron a la policía.

Siempre nos estaban mandando a la policía.

¿¡Qué es esto!?

En lugar de asustarse con los mensajes, Nellie se rio a carcajadas, porque le gustaba hacerse la dura. Y porque, a estas alturas, ya había decidido que quería ser la mala de esta historia. Malísima, según ella. No se apresuren a juzgarla. Su vida de veras había sido muy difícil. Las carcajadas, obviamente, le habían salido muy falsas. Sabino, que tenía un optimismo tan grande que le impedía advertir las amenazas, y que era bueno, muy bueno, y un poco tonto, como todos los buenos, dijo una de sus clásicas inocentadas:

—A la mejor, si devolvemos el teléfono nos dan una recompensa.

—Silencio —lo interrumpió Nellie—, estoy pensando.

—Si no tuvieras el pelo verde —empecé a decirle.

—¡Shhhhh!, ¡necesito concentrarme! —me gritó.

Lo del pelo verde se suponía que era un enigma, pero en realidad era una de esas payasadas que a Nellie le encantaba hacer para dárselas de interesante. Unos días atrás se había esfumado por un rato y luego había aparecido con el cabello como clorofila. Cuando le preguntamos de dónde había sacado el dinero para pagar el tinte, nos contó que se había metido a nadar en la playa del Limón, donde estaba la central eléctrica, y que así se le había puesto el pelo, que seguro que el agua era radioactiva, tonterías por el estilo. Seguro que Nellie había ido a visitar a su mamá, porque cuando la veía regresaba siempre con alguna extravagancia.

—Tienen dos alternativas —dijo Boris sin abrir los ojos—. Primera: tiran el telefonito al mar y nos vamos a esconder unos días a la cueva de la Ensenada. Por lo menos hasta que a la niña del pelo verde se le quite lo verde del pelo. Puede que sea cuestión de días, si conseguimos champú para lavárselo. O segunda: le piden a cualquier ciudadano incauto que lleve el aparato a la taquería con el cuento de que se lo encontró por ahí tirado.

—¿¡Es que nadie entiende lo que es el silencio!? —chilló Nellie, que examinaba el contenido del teléfono como si ahí fuera a encontrar una pista sobre cómo salir del problema.

—¿Incauto? —preguntó Sabino.

Como puede verse, Boris tenía el mejor vocabulario de los cuatro. Era un perro veterano, tenía doce años, igual que nosotros, pero eran doce años perrunos, que equivalían a sesenta o setenta años humanos. Por si fuera poco, había pasado la mayor parte de su vida en los pasillos de la Facultad de Filosofía y Letras de la universidad. De haber sido humano hasta habría conseguido el título, pero se había conformado con hacer de simpática mascota y ganarse así los Tacos de la Pena cada día. Cuando se ponía melancólico, recitaba poemas de perros perseguidos por taqueros.

—Oh —exclamaba—, ¡qué de estómagos pudieran ladrar si resucitaran los perros que les hicisteis comer!

Un perro poeta. Era chiquito, recuerdo que me llegaba a las rodillas, totalmente negro, de pelo cortito, tenía la cola y las orejas largas, siempre alertas a los peligros de la calle, como antenas.

Incauto: ingenuo, inocente, cándido, que no tiene malicia. Así era Sabino y la mayoría de las veces yo lo tenía que proteger, preocuparme de que no le hicieran daño. Puede parecer curioso que Sabino no conociera una palabra que lo definía a la perfección. Era fácil de explicarlo. Sólo habíamos ido a la escuela hasta tercero de primaria, habíamos pasado los últimos cuatro años en la calle. Cuatro años. Bueno, no exageremos. Tres y medio para ser exactos. Lo de Nellie era peor, aunque nunca nos lo quiso confesar, porque no le gustaba hablar de sus cosas, pero yo creo que nunca fue a la escuela.

—¿¡Qué es esto!? —preguntó de pronto Nellie, que seguía concentrada en el teléfono—. ¿¡Qué es esto!? —repitió, ahora sí perdiendo el aplomo y volviendo a ser la niña indefensa que era.

Me extendió el aparato para que viera la pantalla.

Era una fotografía.

Una fotografía muy extraña.

SEGUNDA PARTE

Era una luz en el cielo

Un boleto gratis
a Problemalandia

El Profe estaba sentado en una de las bancas que rodeaban el kiosko del parque de la Constitución. Al ver que nos acercábamos nos hizo una seña para que volviéramos más tarde. Se encontraba solo y desocupado, alimentando a una bandada de gaviotas con charales secos, pero le encantaba hacerse el interesante. En la calle siempre era así. Tanta gente insignificante creyéndose importante, era agotador. Dimos una vuelta y regresamos cuando vimos que las gaviotas remontaban el vuelo.

En aquel entonces, el Profe me parecía un hombre mayor, un viejo que podría ser nuestro abuelo. Sin embargo, tendría alrededor de cincuenta años. Los niños tienden a exagerarlo todo. Es verdad que era un tipo avejentado, con el pelo totalmente gris y la piel arrugada; pero ese aparente envejecimiento no era fruto de la edad, sino de la vida que llevaba, de las horas pasadas a la intemperie, del sol curtiendo permanentemente la piel de su rostro, de nadar todos los días en el mar, de dormir en pensiones baratas, de la mala alimentación y la bebida.

El Profe se esforzaba en no levantar sospechas: a pesar del calor, iba disfrazado con el overol anaranjado que usaban los barrenderos del ayuntamiento, y andaba siempre muy limpio y perfumado. El único rastro o recuerdo de su pasado de cantante, la única excentricidad que se permitía, era la uña del dedo pulgar de la mano derecha, más larga que las otras, como si en cualquier momento se fuera a poner a tocar la guitarra.

—¿A qué hora juegan los ratones verdes? —preguntó, como saludo, apuntando con la barbilla hacia la cabeza de Nellie.

Nellie ignoró la broma y fue directo al grano, sin emitir ni una sola sílaba: le mostró el teléfono y volvió a guardárselo en el bolsillo delantero del short. El Profe se echó su clásico discurso para empezar a regatear. Dijo que esos teléfonos eran muy difíciles de vender y que quien acababa haciendo el negocio era el técnico que sabía cómo limpiar el historial y conectarlo a otra línea. En realidad, en lugar de "negocio" dijo *bisnes* y en lugar de "técnico" dijo *galán*. El Profe usaba su propio vocabulario y para entenderlo a veces se necesitaban subtítulos.

—No queremos venderlo —dijo Nellie.

—¿No queremos? —preguntó Sabino.

—Era de alguien del Gobierno —empezó a explicar Nellie, pero el Profe la interrumpió.

—Tch, tch, ya sabes cuáles son las reglas del *ping-pong*: yo me hago el que no sé hablar inglés y tú te haces la que no sabe bailar danzón.

Miró al cielo, se levantó de la banca y se alejó unos pasos. Con la mano derecha agarró un silbato que traía colgando de un collar en el cuello. Sopló fuerte, aunque no se escuchó absolutamente nada. Era un silbido silencioso. Una gaviota aterrizó a sus pies enseguida. Boris comenzó a ladrar, calculando sus posibilidades: era una gaviota enorme, un poco más alta que él, no sería una pelea fácil.

—¡Chitón! —le ordenó el Profe—, no me atarantes a la colaboradora. Saluden a Isadora, no sean maleducados.

Luego se agachó para extraer el papelito que la gaviota traía enganchado en una de las patas. Lo desenrolló mientras volvía a la banca.

—Miren qué casualidad, suertudotes —dijo, luego de leer el mensaje—. La carnalita se conectó a la red y ya les trajo un valedor. Les doy cien morlacos por el cacharrito.

—Ya te dije que no queremos venderlo —le respondió Nellie.

El Profe utilizó de nuevo el silbato silencioso e Isadora batió alas y levantó vuelo.

—Ciento cincuenta volovanes, último ofertón —insistió el Profe.

Nellie sacó de nuevo el teléfono y lo aproximó a la cara del Profe, enseñándole la fotografía. Para disimular la sorpresa, el Profe le dio un trago a una botella que tenía escondida en una bolsa de papel de estraza. Luego miró para todos lados, se puso de pie y empezó a meter en una mochila las cosas que tenía por ahí desperdigadas.

—¿De dónde me dijiste que lo sacaste? —le preguntó a Nellie.

Le explicamos lo que había sucedido y la dirección exacta de la taquería.

—Si serán atarantados —contestó—, a la vuelta no hay ninguna oficina del Gobierno. Esos eran Secretos.

—¿Policía secreta? —preguntó Boris, que empezó a dar saltitos y a mostrar los dientes dando gruñiditos.

—Dije Secretos, no policía secreta —respondió el Profe.

—¿Y a qué se dedican?, ¿para quién trabajan? —preguntó Nellie.

—Nadie lo sabe —dijo el Profe—, por eso son Secretos.

El Profe no paraba de introducir objetos en su mochila, era increíble la variedad y cantidad de cachivaches que acumulaba, y más increíble que cupieran en una mochila como las que los niños llevan a la escuela.

—Pues para ser secretos todo el mundo los conoce —intervine—. Nosotros ya los habíamos visto otras veces: en la taquería, en el puesto de tortas de camarón, fumando afuera de su oficina, dando vueltas en una camioneta negra por las calles del centro.

—Si se escondieran se volverían sospechosos —contestó—, lo más secreto es lo que tenemos frente a las mismísimas narices y no lo vemos porque no lo queremos ver. Seguro ellos soltaron el rumor de que chambeaban para papá Gobierno. Aguanten.

Dio una vuelta al kiosko recogiendo cosas por aquí y por allá.

Aunque nosotros no hubiéramos oído hablar nunca de los Secretos, la idea no era tan descabellada. Era, más bien, lo normal, considerando la paranoia que dominaba la vida en Puerto Ficción. Como en todo puerto, abundaba gente de las más distintas procedencias y ocupaciones: inmigrantes del interior, marineros extranjeros que se habían ido quedando, turistas del norte, pescadores retirados por culpa de la captura masiva practicada por años, trabajadores enviados desde la capital para la operación de la central eléctrica. En resumen: un contingente de personajes sospechosos, cuya actividad favorita, a su vez, era sospechar de los demás. Todo el mundo vivía alerta, y los chismes, rumores y las leyendas urbanas eran el pan de cada día. Un pan que no podía comerse, infelizmente.

El Profe volvió a la banca y, mientras metía más cosas en la mochila, se concentró de nuevo en nosotros.

—¿Descolgaron el cacharrito de la red? —nos preguntó.

—¿Cómo? —dijo Sabino.

—¡De internet, compadre! —replicó el Profe.

Le dijimos que no.

—¿Sabes hacerlo? —le preguntó a Nellie.

Nellie no dijo nada, porque no sabía cómo desconectarlo y porque una parte importante de hacerse la dura era fingir que todo lo sabía, que era una sabionda.

—Dámelo —le ordenó el Profe.

Nellie dudó un momento.

—Lo van a rastrear —añadió—, seguro ya saben dónde tenemos el campamento. No te lo voy a birlar. Sosiégate, verdecita, ese artilugio es un boleto gratis a Problemalandia.

Nellie por fin se decidió a entregarle el aparato. El Profe demoró unos cuantos segundos en hacer la maniobra. Se lo devolvió a Nellie junto con un gorro que sacó de la mochila luego de rebuscar unos segundos. Era un gorro tejido a rayas verdes, rojas y amarillas.

—Recógete la mata y ponte esto —le ordenó.

Ayudé a Nellie a que el gorro escondiera por completo su cabello verde. Boris soltó una carcajada y tarareó una cancioncita.

—Fuímonos de aquí —nos ordenó el Profe—. Nos divisamos en una hora en el muelle del mercado de arriba. Coman frutas y verduras.

¿Qué ganaría yo con inventar una cosa tan absurda?

Cuando vimos la fotografía, la relacionamos de inmediato con el apagón de la semana anterior. Había sido un jueves en la noche. Fue un gran día para nosotros. La calle se vació y los taqueros nos regalaron las sobras que iban a tirar a la basura. Cenamos cuatro veces, en lo oscurito. No había tacos de suadero, no tuve tanta suerte, pero qué importaba. Tampoco nos importó lo extraño de la situación, ya lo dice el dicho: barriga llena, corazón contento. Además, nosotros vivíamos en la calle y no necesitábamos la electricidad, al contrario, su ausencia nos beneficiaba.

Tardaron un día y medio en reparar los desperfectos en la central eléctrica del Limón. Tuvieron que cambiar el transformador y traer uno nuevo de la capital. Eso no lo supe entonces, eso lo sé ahora, lo he consultado en los periódicos. Hay algunos detalles que pueden parecer tan increíbles que he tenido que corroborarlos más allá de lo que me dicta la memoria. La memoria es algo en lo que no se puede confiar del todo, tiene estrategias parecidas a las del Profe al negociar: va disfrazada y perfumada y nos engaña, nos hace recordar mal las cosas. Pero esto sí sucedió, está en todos los periódicos de la época, se puede encontrar muy fácil en internet. El transformador de la subestación eléctrica del Limón se incendió por una "sobretensión transitoria de causa desconocida".

Esa fue, al final, la versión oficial; sin embargo, durante el viernes y la mitad del sábado, mientras reemplazaban el transformador, había corrido el rumor de que el problema lo habían provocado las mantarrayas. Y eso era lo que había en la foto: una mantarraya. Una mantarraya como las que nosotros habíamos visto muchas veces en el mar, saltando por encima del agua, nadando junto a nosotros.

Pero la de la fotografía estaba afuera del agua.

Y estaba de pie.

Quiero decir, que tenía piernas.

Dos bracitos con sus manos.

Y un rostro casi humano, con sus dos orejas, su nariz, sus ojitos y su boca.

Seguro que algunos de ustedes ya deben estar pensando que estoy loca. Desequilibrada. Que imagino cosas. Que me las invento. ¿Pero qué ganaría yo con inventar una cosa tan absurda?

Han pasado más de diez años y ahora tengo una vida tranquila y feliz, sigo viviendo en Puerto Ficción y he conseguido salir de la calle. Salir de la calle, es decir: que vivo en un departamento, que tengo una cama, muebles, ropa para cambiarme, un baño, una cocina y hasta un perro. Trabajo como profesora de natación y también ayudo a la rehabilitación de los enfermos del Hospital del Mar. Gente que tuvo accidentes o que sufre enfermedades que afectan su musculación. Nadar los ayuda a recuperarse.

Nellie y Sabino sí se fueron de Puerto Ficción. Se fueron juntos, al norte, a buscar trabajo y una vida mejor. Teníamos entonces catorce años. Trataron de convencerme de que me fuera con ellos, pero yo no quise alejarme del mar, del mar de Puerto Ficción. Este mar es mi hogar y yo no puedo vivir sin el ritmo de sus mareas, sin su calor, sin su sal. No imagino una vida lejos de aquí, sin las olas de la playa del Limón, sin zambullirme a mirar pececitos en el arrecife de coral.

Me dio mucha tristeza separarme de mi hermano. Sin embargo, era el momento de hacerlo. Yo no quería separarme del mar y Sabino no quería separarse de Nellie. Todavía seguimos en contacto. A veces me hablan por teléfono. A veces nos enviamos mensajes de texto. Tienen una hija, mi sobrina, a la que no conozco. Y tienen problemas, como toda la gente. Han estado separados por épocas. Ahora están juntos. Parece que están pasando una etapa feliz. Me alegro mucho por ellos.

Aquí el amigo tiene información importante

El muelle del mercado de arriba era el peor escondite. Estaba lleno de turistas a todas horas y en esa parte de la playa la marea bajaba muchísimo durante el día, dejando al descubierto a los metiches más entrometidos del mundo: los cangrejos. Eso fue lo primero que hizo Nellie cuando encontramos al Profe debajo del muelle, cuestionar su estrategia.

—Aquí cualquiera puede encontrarnos —le reclamó.

—*Exactlimentli* —le contestó el Profe—, pero aquí no nos pueden secuestrar.

¿Secuestrarnos? ¿Quién? ¿Por qué?

El Profe, sin embargo, no se detuvo a explicarnos sus sospechas. Le pidió a Nellie que le mostrara de nuevo la fotografía y se puso a analizarla. Según el registro del teléfono, había sido tomada el sábado del apagón por la mañana. Contrario a lo que hacíamos nosotros, obsesionados en observar los detalles de la mantarraya (que tenía dos ojitos azules o que los dedos de las manos tenían uñas), el Profe quería identificar el lugar en el que había sido capturada la imagen. Parecía el interior de una especie de bodega o almacén. La composición del escenario permitía calcular la estatura del bicho: alrededor de un metro y medio.

—Cámara —dijo el Profe, empezando a sacar conclusiones—, los Secretos trabajan el contacto extraterrestre.

—O hacen experimentos —sugirió Boris, que se había puesto a cazar cangrejos.

El perro hacía agujeros en la arena por todas partes para sacar a los crustáceos de sus guaridas. Cuando conseguía atrapar a alguno, hacía crujir el caparazón con una de sus patas para luego engullir la carne con ayuda de las garras. Eran su manjar favorito.

—¿Chanchullos genéticos? —preguntó el Profe—. Puede ser, puede ser, el chucho tiene razón…

—No tiene sentido —sentenció Nellie—. ¿Qué ganarían con eso?

Lo que no tenía sentido, en realidad, era que nosotros nos metiéramos en *eso*. ¿Qué ganaríamos nosotros? Boris tenía razón, pero en lo que había dicho al principio de todo, en que debíamos deshacernos del teléfono.

—Hay que tirar el teléfono al mar —les dije, intentando hacerlos entrar en razón—, todavía estamos a tiempo.

Pero, claro, no me hicieron caso.

Fuera lo que fuera, experimento genético o ser de otro planeta, argumentaba el Profe, se trataba de una noticia gorda, de ésas que acababan esparciéndose por el mundo entero. Decía que podríamos vender la fotografía por mucho dinero. A un periódico. O a un canal de televisión. Que él conocía a algunos periodistas que se juntaban en las cantinas de los portales del centro. A Nellie le brillaban los ojitos, de la codicia, imaginando comida, una cama, ropa nueva, otro tinte de cabello.

Mientras Nellie, el Profe y Boris continuaban con sus especulaciones, me llevé aparte a Sabino un momento.

—Vámonos —le dije—, esto va a acabar mal.

Sabino me miró con esa cara de incauto que no entiende nada.

—¿Y perdernos el dinero? —me preguntó.

—No vamos a conseguir dinero —le dije—, nos van a mandar a la policía, como siempre. Esto es problema de Nellie, no nuestro, fue ella la que…

Sabino me interrumpió:

—No voy a dejar sola a Nellie. Yo me quiero quedar.

Aunque yo fuera su hermana gemela, para aquel entonces Sabino ya se sentía más cerca de Nellie que de mí, quizá porque ella era más fuerte, más dura, y él se sentía más protegido con ella que conmigo.

Nos reintegramos al grupo cuando Nellie y el Profe sellaban su pacto para repartirse las ganancias. Cincuenta-cincuenta, pactaron, aunque en realidad el Profe había dicho *fifty-fifty*. Acordaron esperar a que anocheciera para hacer una excursión a buscar periodistas, pero justo en ese momento, mientras los dos negociantes estrechaban sus manos, Boris vino corriendo hasta nosotros. Traía a un cangrejo en el hocico, vivo, que agitaba las pinzas y las patitas desesperado. Lo echó a la arena, a nuestros pies.

—Aquí el amigo tiene información importante —dijo.

El cangrejo se pasó las pinzas por los ojitos, limpiándose la baba del perro, como haría un gato al asearse.

—Primero quiero inmunidad —replicó.

—Diles lo que me contaste —lo interrumpió Boris.

—¿Si hablo me vas a dejar en paz? Tengo que ir a cuidar a mis hijos.

—Deja de lloriquear —le respondió Boris—, sabes perfectamente cómo funciona la vida en la Tierra.

—Entonces no hablo.

Boris gruñó y simuló que acercaba el hocico al cangrejo para tragárselo.

—Paz, camaradas —intervino el Profe—, oigamos al carnalito. Luego lo devolveremos intacto al inmensísimo. Palabra del Profeta.

—Que dice que sí —le tradujo Nellie al cangrejo—, puedes quedarte tranquilo. Te protegeremos del perro. Cuenta con eso. Ahora habla.

El cangrejo movió los ojitos de un lado a otro para mirarnos a todos y cada uno de nosotros, calculando si seríamos de fiar. De cualquier manera, no tenía otra alternativa. Tosió y escupió un chorro de baba, quizá del perro, quizá de esa baba propia que producen los crustáceos.

—Lo tienen encerrado en el mercado de pescadores.

Hizo una pausa dramática, como para darle más valor a la información.

—Pero el mercado de pescadores está abandonado —dijo Sabino.

El cangrejo lo fulminó con la mirada.

—Perdona —dijo Nellie—, no es muy listo.

—Diles lo importante —insistió Boris—, cuéntales de dónde vino el bicho.

Todos miramos al cangrejo en espera de sus palabras, pero el muy crustáceo no se decidía. Movió y giró los ojitos en todas direcciones, para asegurarse de que nadie más fuera a escucharlo.

—Vino del cielo —dijo por fin— y anduvo por aquí mucho tiempo, haciendo sus investigaciones. Sólo salía del agua por las noches. Hasta que lo descubrieron.

—¿Haciendo sus investigaciones? —preguntó Nellie—, ¿qué investigaba?

—De todo —contestó—. La marea, el plancton, la sal, el plástico, el petróleo, los motores de las lanchas. Una noche andaba en la central eléctrica, algo salió mal y lo atraparon. ¿Puedo irme ya?

—¿Y dónde está la nave? —preguntó Sabino.

—¿Qué nave? —preguntó el cangrejo.

—La nave espacial.

—Yo no dije que viniera en una nave, dije que vino del cielo.

—¿Volando? —preguntó Nellie.

—Venía en una luz, primero era una luz en el cielo, una luz que fue bajando y bajando hasta meterse al mar, pero cuando entró al mar no había luz, ni nave, ni nada. Sólo el bicho. ¿Puedo irme ya? Se está haciendo tarde, miren dónde está ya la marea.

El Profe levantó el dedo pulgar para autorizar que se fuera.

—Espera —dijo Nellie—, ¿cómo sabes esto?

—Todo el mundo lo sabe —dijo el cangrejo—, todos en el mar, al menos.

Boris levantó la pata encima del caparazón del cangrejo, amenazante. Luego soltó una carcajada.

—Es broma —dijo—, ya puedes irte.

No es por perrunitarismo

El Profe mandó a Sabino a que comprara tacos para todos, para que pudiéramos planear mejor los siguientes movimientos con la barriga llena. Al menos toda esta historia absurda empezaba a rendir sus frutos. Quise acompañarlo, pero Sabino me lo impidió, me dijo que él podía ir solo. Últimamente todo lo que hacía era para impresionar a Nellie, y parte de eso era alejarse de mí.

Nellie y el Profe volvieron a examinar el teléfono, pero no las fotos, sino los mensajes grabados, cualquier tipo de información que pudiera servirnos para valorar mejor la situación. El dueño del aparatito solía firmar sus comunicaciones como "C. C.", lo que, consultando los datos de registro del teléfono, resultó ser "Capitán Críptico".

—Es su nombre de batalla —aclaró Boris, como si no nos hubiéramos dado cuenta de que era un apodo.

Lo que en realidad no sabíamos era qué significaba "críptico", pero el chucho no tardó en cumplir su función de diccionario de cuatro patas:

—Críptico —dijo—, enigmático, oscuro, que funciona con una clave secreta. Seguro que sus colegas se llaman Capitán Hermético, Capitán Arcano, Capitán Ignoto… muy originales, los Secretos —añadió, con arrogancia.

Nellie y el Profe continuaron la búsqueda hasta que por fin encontraron lo que, sin saberlo, buscaban. Eran unos mensajes en inglés que, según el Profe, demostraban que el Capitán Críptico planeaba traicionar a los Secretos.

—¿De veras entiendes inglés? —le pregunté desconfiada al Profe.

—Clarín corneta —contestó—, yo viví en el norte unos años, tenía mi cantón ahí mero, al ladito de Disneylandia.

De acuerdo con los mensajes, el Capitán Críptico estaba negociando entregar el bicho a cambio de un montón de dinero. Por el tono, decía el Profe, podía deducirse que era una operación a espaldas de los Secretos.

—¿Cómo? —preguntó Nellie, que no acababa de entenderlo.

—Se nota que no fuiste a la escuela —le dijo Boris.

—El gandalla quiere aprovecharse de la situación —explicó el Profe—. Va a vender al bicho. Quiere hacer el *bisnes* él solito. Se la va a jugar a los Secretos.

—Hay que rescatarlo —dijo de pronto Boris.

Guardó silencio para comprobar que hubiera atraído la atención. Bostezó, listo para la siesta: se había dado un atracón de cangrejos.

—No por perrunitarismo —añadió.

El perrunitarismo, por cierto, era lo mismo que el humanitarismo: era la compasión que podían sentir los perros por las desgracias ajenas.

—Nosotros no estamos para perrunitarismos —repitió.

—¿Y entonces por qué? —preguntó Nellie.

—La recompensa —dijo el Profe.

—Vaya, alguien se da cuenta —respondió el perro—. Si lo rescatáramos podríamos pedirle lo que sea. Y si ese bicho viene del espacio, imaginen lo que nos podría dar.

—¿Tacos de suadero? —dijo Sabino, que acababa de regresar con el encargo.

—¡Lo que sea! —dijo Boris—, seguramente tiene superpoderes. ¿Por qué crees que esa gente está dispuesta a pagar tanto dinero para hacerse con el bicho?

—¿Quién pidió de suadero? —preguntó Sabino, que no entendía nada.

—Yo —dije.

—Superpoderes —repitió Nellie.

Estiré la mano y atrapé el plato de plástico que me pasaba Sabino. Eché un vistazo al contenido.

—Te dije sin cilantro —lo regañé.

Vamos a programar el danzón a la una y media

Isadora planeó sobre nuestras cabezas unos minutos, dibujando círculos en el cielo, hasta que el Profe estuvo seguro de que nadie nos estuviera vigilando y la llamó a silbidos silenciosos. La gaviota aterrizó en la arena mojada. Esta vez el papelito era mucho más largo, era como un papiro en miniatura. Los informantes del Profe habían hecho un gran trabajo.

Tres de las calles que rodeaban el mercado de los pescadores habían sido acordonadas y tenían vigilancia permanente. La avenida principal, que desembocaba en el mercado, también. En la parte trasera, que daba al mar, donde estaba el pequeño atracadero para las barcas de los pescadores, habían instalado otro puesto de vigilancia: una sombrilla bajo la que dormitaba uno de los Secretos. Cumplían tres turnos de ocho horas.

En la fachada principal habían colocado un letrero donde se informaba que el edificio sufría daños estructurales debido a la humedad y se anunciaba su inminente demolición. Se advertía a la gente que no se acercara, porque había peligro de derrumbe.

El almacén en el que tenían encerrado al bicho era la antigua sala de pesaje, donde se hacían las ventas al mayoreo. Estaba, como el resto del mercado, vacía, salvo por una enorme báscula cubierta de hongos. Se podía acceder a ese almacén desde adentro del mercado, pero ahora era imposible, o a través de la compuerta del atracadero, pero justo ahí estaba el otro puesto de vigilancia. Además, la compuerta tenía un candado muy gordo, antiguo. Las llaves las tenía el vigilante de la sombrilla, que abría de vez en cuando la compuerta para suministrar comida.

Cada mañana, un coche traía a un pequeño grupo de Secretos que pasaban ahí algunas horas. Luego se iban. Eran siempre los mismos. Parecían médicos o científicos, a juzgar por la vestimenta y los aparatos que llevaban.

En cuanto al bicho, lo único que habían podido investigar los informantes del Profe era que se alimentaba de algas y de sargazos que los vigilantes pescaban con una red durante las horas de su aburrida tarea.

—Imposible —dijo Boris, cuando acabamos de leer el reporte—, jamás conseguiremos entrar con tanta vigilancia.

—Jamás digas jamás —le contestó el Profe—. Para ser perro eres muy pesimista, compañero.

Le pidió a Nellie el teléfono.

—Vamos a tener que colgar de la red al cacharrito —le dijo.

Agarró el teléfono y lo envolvió en un trozo de papel de aluminio que sacó de su mochila. Dejó descubierta solamente la pantalla. Nos explicó que el aluminio bloqueaba las señales de localización del teléfono. Lo conectó a internet y esperamos a que se descargaran los mensajes.

—¡Lotería! —dijo el Profe, luego de revisar los diferentes programas instalados en el teléfono.

Nos mostró los mensajes recibidos hacía unos minutos:

Td ok.
Escudo en off 1-3 a. m.
1 en atracadero.
Hora del baile 2 a. m.

Volvió a desconectar el teléfono de internet y se lo devolvió a Nellie.

—¿Qué es el escudo? —preguntó Sabino.

—Quiere decir que van a retirar la vigilancia de una a tres de la madrugada —contestó Boris.

—Debe haber un topo entre los vigilantes —siguió el Profe.

—¿Un topo? —preguntó Sabino.

—¡Uno que está metido en el ajo, camarada! —respondió el Profe.

Antes de que Sabino preguntará cuál ajo, Nellie hizo un resumen de la situación.

—Uno de los vigilantes es el cómplice del Capitán Críptico. Debe ser el que envió los mensajes. Se va a llevar a sus compañeros esta madrugada.

—Se los lleva de parranda —interrumpió Boris.

—*Exactlimentli* —confirmó el Profe—. Y dejan sólo a uno de guardia.

—Al más tonto —dijo Nellie, con tono burlón, mirando a Sabino.

—O al más dormilón —replicó Boris.

—Vamos a programar el danzón a la una y media —concluyó el Profe—, tenemos media hora para comerle el mandado al gandalla y liberar a Willy.

—No inventes —dijo Boris—, Willy era una orca, no una mantarraya.

—Necesitamos un nombre —le dijo—, ¿se te ocurre uno mejor?

Ni Nellie, ni Sabino, ni yo sabíamos de qué estaban hablando. Nos explicaron que se trataba de una película en la que un niño rescataba a una orca llamada Willy.

El Profe se alejó unos metros, llamó a Isadora de vuelta, utilizando el silbato, y estuvo susurrándole al oído durante un largo rato. La gaviota meneaba la cabeza o agitaba las alas como reacción a las palabras del Profe. En el horizonte el sol estaba terminando de ocultarse. ¡Qué día más largo! El Profe extrajo de un bolsillo del overol anaranjado un puñado de charales secos y se los ofreció en la mano a Isadora. La gaviota levantó el vuelo un par de metros, como si saltara, contenta, y aterrizó de vuelta en la arena para hundir el pico entre los pescaditos. Los atrapaba y tragaba a consciencia, uno a uno, disfrutándolos glotonamente, casi parecía que pediría que les pusieran limón y chile. Tardó un par de minutos en acabar con todos. El Profe le palmeó la cabecita antes de utilizar el silbato. Isadora levantó el vuelo y se perdió con dirección al puerto.

—¿Cuál es el truco? —quiso saber Boris, cuando el Profe se integró de vuelta al grupo.

El Profe lo ignoró y fue a buscar la botella que tenía guardada en su mochila.

—¿Es un silbato mágico? —insistió Boris.

—No hay truco, compañero —respondió el Profe.

—¿Son los charales? —preguntó Boris—, ¿las tienes enviciadas con los charales?

—Es como en el futbol, *broder* —comenzó a explicarle mientras le daba un trago a la botella escondida en la bolsa de papel de estraza—, como todo en la vida. Ellas me pasan los centros y yo meto gol. O al revés. Si todos hicieran así, la vida en la Tierra sería más sencilla.

Nos explicó entonces el plan que había ideado con Isadora.

—¿Y si es peligroso? —le pregunté al Profe, cuando terminó.

Todos me miraron extrañados. Estaban tan ilusionados que no habían pensado en esa posibilidad.

—¿Y si nos ataca? —insistí—, ¿y si utiliza sus superpoderes para hacer el mal?

Se hizo un silencio entre nosotros.

—Nos vamos a tener que arriesgar —dijo Sabino.

—¿Cómo? —contesté. No podía creer lo que había oído, ni que lo hubiera dicho Sabino.

—Si te da miedo, no vengas —me dijo Nellie, con la mirada fija en Sabino, llena de curiosidad.

—¡Vivimos en una sociedad capitalista, muchacha! —me dijo el Profe—. ¡El que no arriesga no gana!

TERCERA PARTE
Le diremos Willy

¿Cuáles son tus superpoderes?

Cuando el vigilante despertó, modorro, vio su cabeza rodeada de gaviotas. Se levantó de un salto y agitó las manos para espantarlas, pero las aves comenzaron a picotearle el pelo, los brazos y la espalda. Boris metió el hocico en el bolsillo del pantalón y extrajo el manojo de llaves. Las gaviotas fueron empujando al vigilante, lejos, rumbo al agua. Oímos el chapoteo de su cuerpo al caer al mar mientras Nellie probaba las distintas llaves en el candado. Por fin consiguió abrir la compuerta.

Apunté con la linterna hacia el interior del almacén. Vimos al bicho mover de un lado para otro los ojitos, no sé si porque estaba dormido o para acostumbrarse a la luz. Permanecimos unos instantes en el umbral de la puerta, esperando algún tipo de reacción, algún indicio de peligro que nos hiciera salir huyendo. No sucedió nada. El bicho se había quedado inmóvil y nos estudiaba. No sólo parecía inofensivo, sino también indefenso, incapaz de hacer daño.

Nellie entró decidida y comenzó a empujarlo por la espalda hacia la salida. Tenía los brazos tan cortitos que no era posible tomarlo de la mano y jalarlo. El bicho avanzaba muy despacio, pensamos que se estaba resistiendo, pero lo que pasaba en realidad era que sus piernas también eran muy cortas y la cola le estorbaba. La cola se arrastraba por el suelo y frenaba sus pasitos.

—Rápido, Sabina, ayúdame a cargarlo —me dijo Nellie al darse cuenta de las dificultades motrices del bicho.

Iba a acercarme, pero Sabino se me adelantó y entre los dos lo levantaron y lo sacaron del almacén. Tenía la espalda repleta de bichitos, incluso de un pececito que, de manera insólita, se mantenía con vida fuera del agua.

—¡Recáspita! —dijo el Profe cuando nos subimos todos a la lancha donde nos esperaba—, el camarada viene equipado con su rémora. ¡Cuánta elegancia!

Me ordenó que apagara la linterna, arrancamos a toda velocidad y nos mantuvimos en silencio durante el trayecto a la playa de la Ensenada. Una vez que me acostumbré a la oscuridad y que pude aprovechar la escasa claridad de la luna menguante, estuve observando fijamente al bicho. Tenía pies y manos perfectamente humanos, pero como las patas y los brazos eran muy cortos no le servirían para nada. Calculé que no alcanzaría a llevarse algo al hocico con las manos. El hocico, por cierto, estaba relleno de una dentadura cuadrada, y no de colmillos afilados. Pero lo más llamativo eran los ojitos azules, que flotaban en el aire, frente a su cabeza, sin que nada los conectara con el cuerpo.

Unos minutos más tarde, avistamos la entrada a la Ensenada. El Profe condujo la lancha hacia la playa solitaria. Bajamos y nos metimos corriendo, a oscuras, hasta la cueva. Depositamos al bicho en la arena y Boris le cerró el paso a la salida, gruñendo, para que no tuviera la tentación de huir rumbo al agua.

—Tranquilo, Boris —le dijo Nellie—, camina muy despacio. No se nos escaparía ni aunque le diéramos ventaja.

El Profe abrió su mochila y le entregó otra linterna a Nellie. Apuntamos la luz hacia el bicho y nos quedamos un rato observándolo, comentando su apariencia. El bicho se había sentado, si podía llamarse así a la extraña posición en la que le permitía descansar su cuerpo. Respiraba mansamente y nos miraba a uno y a otro, a uno y a otro, como si esperara algo de nosotros. Nosotros también esperábamos algo, cualquier cosa que nos demostrara de qué podía ser capaz. Una manifestación de sus superpoderes. Nada. Boris volvió a gruñirle para comprobar si a través del miedo podía hacerlo reaccionar. El Profe le acarició la cabeza y le habló de la hermandad de los pueblos del Universo, de la paz y la armonía celestial. Nada. Sabino le dijo que podía confiar en nosotros,

que no íbamos a hacerle daño, que éramos sus amigos. Nellie fue tocando distintas partes de su cuerpo, como si buscara un botón para encender o activar algo. Yo no dije nada. Pero me puse a pensar en tacos de suadero. Cuatro tacos. Mejor cinco. O seis. Y pensé que si en realidad el bicho fuera extraterrestre, si de veras tuviera esos famosos superpoderes, bien que podría materializar en mis manos un plato repleto de tacos de suadero. Sin cilantro, por favor. Nada.

De pronto todo el mundo estaba discutiendo, hablando a gritos, culpándose por la idea tonta del rescate, cuando el bicho nos interrumpió, primero con un rugido que retumbó en las paredes de la cueva, y luego con palabras.

—Tengo hambe —dijo.

Y abrió el hocico como hacen los delfines en el acuario para que les tiren pescaditos adentro, como si fuéramos a cumplir su deseo de manera inmediata.

—¡Habla! —dijo Sabino, con su clásica sonrisa incauta en la cara.

—¿Cuáles son tus superpoderes? —le preguntó Nellie, que no estaba para andarse con rodeos.

Escuchamos otro rugido, familiar, que provenía de las entrañas del bicho, igual al de un león marino, o morsa, o foca: estaba hambriento.

—Tiene tres estómagos —explicó el pececito que lo acompañaba como rémora—, le da hambre todo el tiempo. Yo también tengo hambre, por cierto.

Alumbré con la linterna directo hacia el pececito, que se quedó ciego al no tener párpados y no poder defender su vista de la iluminación.

—¡Aparta la luz! —me gritó.

Corregí un poco la orientación de la linterna y, por primera vez, observé a la rémora con detenimiento. Estaba adherida al lomo de la mantarraya usando una especie de ventosa. Tenía el cuerpo alargado, color plata, dos aletas cortas a cada lado, debajo de la cabeza, la mandíbula ancha repleta de dientes y dos ojitos con la pupila negra. Calculé que mediría alrededor de treinta centímetros, como una regla escolar. Justo en ese momento, el pececito bostezó y pude ver que también tenía hileras de dientes adentro de la boca, en el paladar.

—¿Y tus superpoderes? —volvió a preguntarle Nellie al bicho.

El bicho movió los ojitos flotantes para todos lados, mirándonos a la cara. Se había puesto nervioso y parecía que esperaba que le sopláramos la repuesta correcta.

—Pedid comida —dijo.

Nellie y el Profe intercambiaron miradas perplejas.

—Le cuesta entender las cosas —intervino la rémora.

—¿Tiene nombre? —pregunté, mirando alternativamente al bicho y a la rémora.

—¿Nombe? —respondió el bicho.

—No lo sé —dijo la rémora—, yo no hago preguntas.

—Le diremos Willy —dijo el Profe.

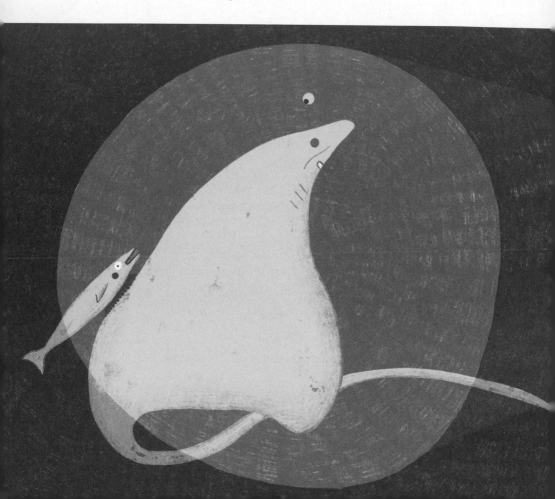

—¡Willy era una orca! —replicó Boris otra vez, enfadado.

—Me gusta Willy —contestó el que, a partir de ese momento, sería Willy—. No tiene "edes", me cuesta mucho decid las "edes".

—Chale —dijo el Profe—, a ver, repite conmigo: rápido rucdan los carros cargados de azúcar del ferrocarril.

El profe repitió la frase varias veces, como si le hablara a un niño pequeño. Willy resopló desanimado y pareció que iba a intentarlo, pero Sabino le aclaró que era una broma.

—¿Y por qué no puedes pronunciar las erres? —le preguntó Nellie.

Willy inclinó la cabeza hacia atrás y abrió la boca grande grande.

—Tiene el paladar muy hondo —dijo la rémora—. Ah, por cierto, yo soy Merlina —añadió, ofendida—. Digo, por si les interesa.

—¿Y tú sí haces magia, compañera? —le preguntó el Profe.

—Jajaja —contestó el pececito—, es el nombre de mi especie, aunque si quieres puedes llamarme rémora *osteochir*.

Tengo mucha *hambe*

Había sido un día largo, larguísimo, y al final el cansancio nos fue venciendo uno a uno. El Profe extrajo un par de cobijas de su mochila, se acurrucó en un rincón de la cueva y nos entregó la otra para que la compartiéramos. Nellie, por supuesto, la acaparó y fue la siguiente en dormirse, junto con Boris, que se echó a los pies del Profe. También Merlina empezó a dormitar, recostada en el lomo de Willy. A mí me tocaba hacer la primera guardia, de una hora, y luego debía avisar a Sabino para que me relevara. El Profe y Nellie no confiaban en Willy, a pesar de la lentitud de sus movimientos, le creían capaz de escaparse si veía la oportunidad, utilizando habilidades que, quizá, todavía desconocíamos.

Sabino no podía dormirse. Empezó a interrogar a Willy, a hacerle todas las preguntas que teníamos y que ni Nellie ni el Profe habían creído necesario formular, en su disputa por liderar la pandilla, por hacerse los duros y los sabiondos.

—¿A qué viniste a la Tierra? —le preguntó bajito, para no despertar a los demás.

—A entended las cosas —respondió Willy.

—¿Las cosas?, ¿qué cosas? —insistió Sabino.

—Todo: cómo funciona la vida en la Tieda.

—¿Y ya sabes cómo funciona?

—Es todo muy difícil. ¿Puedes dadme comida? Tengo mucha hambe.

Sabino se escabulló hasta donde reposaba el Profe y hurgó en su mochila. Le ofreció un paquete de galletas.

—¿Qué es eso? —preguntó.

—Galletas —contestó Sabino.

—Yo sólo puedo comed algas —replicó Willy.

Sabino se acercó y murmuró en mi oído. Me dijo que saldría de la cueva para buscar provisiones, que quizá la marea hubiera arrastrado sargazos a la playa. Lo vi escabullirse de puntitas. Me gustaba esa nueva versión de Sabino, atrevido, intrépido, me hacía sentir orgullosa y tranquila, como si me quitara la responsabilidad de protegerlo. Aunque también me daba miedo que fuera inconsecuente, que no midiera las consecuencias de sus actos.

Nellie, Boris y el Profe dormían profundamente. De vez en cuando escuchábamos las murmuraciones del perro, que parecía recrear, en sueños, una de sus cotidianas batallas contra los cangrejos. Willy miraba hacia afuera de la cueva y suspiraba, alternando suspiros con rugidos de sus tres estómagos. Sabino volvió con malas noticias: no había algas en la orilla y con la luz de la linterna no alcanzaba a divisarlas mar adentro.

—De vedad necesito comed —nos dijo Willy.

—¿Qué comes en tu planeta? —le preguntó Sabino.

Nos enlistó los manjares que más le gustaban, y a nosotros nos sonó a comida china o japonesa, a algo que nunca habíamos comido y que no podíamos ni imaginarnos.

—Habrá que meternos al mar —intervino Merlina, que acababa de despertar, bostezando—. Seguro que encontramos sargazos no muy lejos de la orilla.

—No me voy a escapad —prometió Willy.

Sabino y yo nos miramos a los ojos, observamos a los tres durmientes que reposaban en el suelo de la cueva y calculamos, sin decirnos nada, que no se enterarían. Siempre y cuando todo saliera bien, claro.

Caminamos hacia la entrada de la cueva. De pronto escuché unas garras que arañaban la arena. Pensé que sería Boris, que se habría despertado, pero era Willy, que se arrastraba como si fuera una tortuga. No sé por qué no lo habíamos pensado antes, si era tan obvio, debido a lo cortos que tenía las piernas y los brazos. Eso habría facilitado mucho nuestra huida del mercado de los pescadores. Había sido por influencia de la fotografía, de la primera imagen que vimos: como en ella Willy estaba de pie supusimos que andaría erguido, como hacemos los humanos. A los Secretos, como a nosotros, les habría pasado lo mismo. Habrían pensado que si el bicho tenía piernas y la cara en la parte superior, lo lógico sería que caminara sobre sus dos piernas. Al caminar a cuatro

patas el rostro quedaba mirando al suelo; sin embargo, los ojitos flotantes se le habían desplazado hacia arriba, de manera que podía mirar lo que tenía delante.

Llegamos a la orilla del mar. El cielo estaba totalmente descubierto. Soplaba un vientecito fuerte que se había llevado las nubes. Sabino y yo levantamos la cabeza. Había miles o millones de estrellas y justo encima, cubriéndonos, nuestra cobija favorita: una luna menguante, idéntica a la uña para tocar la guitarra del Profe. La luna menguante era nuestra luna preferida, porque daba la luz justa para alumbrar cuando hacíamos cosas por la noche. La luna llena, incluso la luna en cuarto creciente o en cuarto menguante, que son lunas partidas a la mitad, son las favoritas de la policía.

—¿Cuál es tu planeta? —preguntó Sabino.

—No entiendes —contestó Willy—, no funciona así.

—¿Entonces cómo funciona? —pregunté.

—No puedo contadlo, es secdeto —respondió.

Nos quedamos mirando las estrellas otro momento, embobados.

—¿Vamos? —preguntó Willy.

Entró al agua y lo escoltamos. A pesar de que era una madrugada fresca, el agua mantenía el calor del sol acumulado durante el día. Nadamos mar adentro, Sabino a la derecha y yo a la izquierda de Willy. Para nadar, Willy recogía las manos y piernas como si las ocultara, aprovechando así su cuerpo de mantarraya. Merlina se mantenía pegada al lomo de Willy mientras éste saltaba por encima del agua, contento, eufórico; aunque esos adjetivos son míos, no sé, nunca supe, si era correcto aplicárselos a un ser de otro mundo.

No tuvimos que alejarnos mucho: a unos cien metros de la playa nos topamos con una isla de sargazos. Sabino y yo paramos de nadar y nos mantuvimos a flote, mientras Willy se alimentaba y Merlina iba recogiendo los pedacitos que se le escapaban.

—¿Están buenas? —le preguntó Sabino.

—No mucho —respondió Willy.

Aprovechamos el tiempo que demoraba Willy para recolectar sargazos, así tendríamos provisiones para las siguientes horas. Sabino se metió a la boca un pedazo de alga.

—¡Sabe a rayos! —exclamó antes de escupir la planta.

A mí también me dio curiosidad probarla: era muy amarga y dejaba un rastro de baba en la lengua.

—¿Qué es dayos? —preguntó Willy.

Cuatro mil trescientos amaneceres

Resultó que Willy no dormía. No necesitaba descansar para reponer energías. Quizá por eso tenía que comer tanto y a cada rato. Ingería sargazos a todas horas, era insaciable. Pero dormir, no, y de hecho ni siquiera sabía lo que eso significaba, tuvimos que explicárselo, como muchas otras cosas. También en eso era insaciable, en su sed de conocimiento. Quería saber por qué usábamos ropa, de qué estaba hecho el líquido que hacía funcionar los vehículos, cuál era el sistema de organización de nuestra sociedad, por qué picaba el chile, cuántas veces tenía que amanecer para que la Tierra diera una vuelta completa al sol (una manera complicada de preguntar cuántos días tenía un año).

Pasamos el resto de la madrugada y parte de la mañana dialogando, por turnos, mientras otros descansaban. El Profe repartió un paquete de galletas y una bolsita de cacahuates, con los que engañamos a nuestros estómagos temporalmente.

Nellie y el Profe interrogaron a Willy sobre los Secretos, para intentar entender a quién nos enfrentábamos. Willy dijo que lo habían atrapado en la central eléctrica, mientras hacía una investigación, y que lo habían encerrado en el mercado de los pescadores, cosas que ya sabíamos. Que eran varias personas, que lo conectaban a aparatos, que le hacían muchas preguntas, le tomaban fotos y películas, y que le habían abierto una herida en el pecho para verle las entrañas. Todos observamos el cuerpo de Willy, pero no encontramos ninguna cicatriz.

Alrededor del mediodía, cuando el hambre apretaba y había una competencia durísima de rugidos dentro de la cueva, nos dimos cuenta de que tendríamos que tomar una decisión pronto. Para colmo de males, en aquella playa había poquísimos cangrejos, por lo que Boris estaba de un humor de perros.

Nellie y el Profe, preocupados por la reacción de los Secretos y decepcionados por la ausencia de los supuestos superpoderes, creían que lo mejor sería liberar a Willy y volver al plan original de vender la fotografía. O las fotografías, porque ahora podrían hacer un ensayo completo, mucho más detallado. Sin embargo, eso pondría en peligro a Willy: la gente saldría en tropel a buscarlo y, vistas sus habilidades, por no decir ineptitudes, sería muy sencillo que volvieran a atraparlo.

—Que se suba a la luz y que se vaya a su cantón —sugirió el Profe, apuntando con la mano hacia el techo de la cueva.

Willy nos explicó que no funcionaba así, que no podía emprender el viaje a su voluntad. No quiso contárnoslo bien, dijo que era secreto, pero entendimos que aprovechaba algún tipo de fuerza o energía cósmica que sólo se manifestaba en ciertos momentos.

—¿Y cuándo podrás irte? —le preguntó Sabino.

—En cuato mil tescientos amanecedes —contestó Willy.

—¿Cuánto es eso? —dijo Sabino.

—A mí no me pregunten —dijo Merlina, que estaba entretenida arañando con los dientes el lomo de Willy, donde habría, supongo, alimento microscópico.

Todos vimos a Willy, esperando que sacara la cuenta, sólo debía dividir cuatro mil trescientos entre trescientos sesenta y cinco, era una información que acabábamos de darle. Los ojitos se le arrugaron, era algo que hacía cuando se ponía nervioso y no sabía qué decir.

—¡Lo que nos faltaba! —exclamó Nellie—, además de que no tiene superpoderes es burro y no sabe matemáticas.

—¿Qué es matemáticas? —preguntó Willy.

El Profe sacó una calculadora e hizo la cuenta.

—¡Cámara! —gritó—, ¡son doce años!

—Lo sé —dijo Willy—, es poco tiempo, pedo después hay que espedad quince mil amanecedes.

Aparentemente, se trataba de una energía caprichosa, capaz de manifestarse a los doce años y luego a los cuarenta.

—¿Te parece poco doce años? —preguntó Sabino—, ¿tú cuántos años tienes?

—¿Cuántos amaneceres? —lo corrigió Boris, para facilitarle la tarea a Willy.

—Sólo cien mil —contestó, y se sonrojó, como si le diera vergüenza, pero la cara se le pintaba de color azul en vez de rojo.

—¡El camarada tiene doscientos setenta y tres años! —gritó el Profe mostrándonos el resultado en la calculadora.

—Pues parece un niño de tres años —dijo Boris—, sólo sabe hacer preguntas.

Por supuesto, lo más seguro es que estuviéramos haciendo el cálculo mal, porque no sabíamos cuánto tardaba el planeta de Willy en dar una vuelta al sol, si es que orbitaba en torno a un sol, o cómo eran y cuánto duraban eso que Willy llamaba "amaneceres".

El Profe salió de la cueva, según esto para hacer una exploración por los alrededores. La playa de la Ensenada normalmente estaba desierta, porque quedaba lejos de las playas del malecón y porque en verano se llenaba de medusas, lo que le había dado una pésima reputación entre los turistas. Nosotros habíamos descubierto la cueva por casualidad, una vez que, para variar, estábamos huyendo de la policía. Pasamos algunas noches ahí, en diferentes ocasiones, y nunca nos habíamos encontrado con nadie.

Desobedeciendo al Profe, que nos había ordenado que esperáramos hasta que volviera, Nellie salió un momento de la cueva para ver qué estaba haciendo. Nos dijo que lo vio hablando con Isadora. Cuando volvió, el Profe nos confirmó lo que nosotros ya sabíamos: que el lugar le parecía seguro como escondite.

—Tengo nuevas —nos dijo después—, los Secretos ya armaron el contraataque.

Nos hizo un resumen del reporte de Isadora. Los Secretos se habían organizado en cuatro grupos. Tres de esos grupos estaban peinando la ciudad: uno la zona del puerto y del mercado de abajo; el segundo grupo andaba rastreando el centro, el muelle de los Remedios y el mercado de arriba; el tercero estaba concentrado en vigilar los alrededores del mercado de pescadores, la zona industrial y el muelle del Retiro. El cuarto estaba patrullando el mar en una lancha. Lo lógico sería que, tarde o temprano, este cuarto grupo llegara hasta la playa del Limón y luego a la Ensenada. Pero el Profe le había dado órdenes a Isadora de que mantuviera la vigilancia desde la playa del Limón y nos avisara con tiempo suficiente, en caso de que tuviéramos que salir corriendo.

—¿Quién es Isadoda? —preguntó Willy.

—Es la líder de una banda de gaviotas colaboradoras —explicó el Profe.

—¡Gaviotas! —gritó Merlina—, ¿¡en serio!? ¡No se puede confiar en las gaviotas! ¡Muchas colegas mías fueron capturadas por esas traidoras!

—Serena, morena —le dijo el Profe—, no te me alebrestes: yo voy a hablar con Isadora para que haga una excepción contigo y rompa la cadena alimenticia.

El Profe propuso que, por lo pronto, alguien debería ir a traer comida, que no se podía pensar con la barriga vacía. Era verdad: no se podía, por eso nosotros nos estábamos metiendo siempre en problemas. Si hubiéramos estado bien alimentados, si pudiéramos pensar, no nos habríamos metido, por ejemplo, en esta aventura.

Descartamos utilizar la lancha para hacer la excursión por provisiones, aunque sería lo más rápido, porque era demasiado arriesgado. Habría, entonces, que ir caminando, lo que significaba salir de la Ensenada, a través de la arena, atravesar luego la playa del Limón y meterse entre las avenidas de la zona industrial a localizar una tiendita, mercado, puesto de comida o restaurante. Como mínimo, una hora de ida y otra de vuelta. Sabino se ofreció y los demás estuvimos de acuerdo. La verdad es que era la mejor opción que teníamos si no queríamos llamar la atención. El bueno de Sabino, con su cara de incauto, de no enterarse de nada. Boris quiso acompañarlo, así podría aprovisionarse de cangrejos en el camino. El Profe les dio instrucciones sobre lo que deberían hacer en caso de que al volver no nos encontraran: deberían irse al muelle del Retiro y esperar a Isadora. Cuando ya iban saliendo de la cueva, me acerqué a Sabino y le di un abrazo.

—¿Quieres que vaya contigo? —le pregunté.

—Yo puedo ir solo —contestó, mirando a Nellie.

Evacuación inminente

El viento, que soplaba del noroeste, había empujado la isla de sargazos a la playa. Esto facilitó la tarea de alimentar a Willy y evitó que tuviéramos que darle explicaciones a Nellie y al Profe sobre cómo habíamos conseguido comida en la madrugada. De tanto en tanto, cada vez que Willy se quejaba de hambre, alguien salía de la cueva corriendo y regresaba lo más pronto posible cargado de provisiones. A pesar de que la playa estaba desierta, y de la vigilancia de Isadora, el Profe decía que debíamos extremar precauciones, por lo que nos mantuvimos ocultos en la cueva.

Daba coraje ver la satisfacción de Willy, y de Merlina, come y come las Benditas Algas de cada día, la guerra de nuestros rugidos estomacales contra sus eructos, mientras esperábamos a que Sabino y Boris volvieran con los víveres.

Habría pasado alrededor de una hora, cuando Willy avisó que necesitaba hacer algo en privado.

—¿Tienes que llamar a tu casa, como el extraterrestre de la película? —le preguntó el Profe—. ¿Firmar unos documentos? ¿Fertilizar la milpa? ¿Visitar al Papa?

Willy lo miró confundido.

—¿Tienes ganas de hacer caca? —le preguntó Nellie, estupefacta de que un ser de otro mundo tuviera también necesidades de este tipo.

Todos estallamos en carcajadas. Willy sólo arrugó los ojitos de la vergüenza.

—Evacuación inminente —nos avisó, con urgencia—, necesito salid ahoda.

—Nel pastelito —replicó el Profe—, vas a tener que hacer tu llamada en el rinconcito.

—Eh —intervino Merlina—, esto es serio, háganle caso.

Nellie y yo intercambiamos miradas de asco. ¿Qué tipo de caca harían los extraterrestres? Podría ser tóxica. Sin embargo, Nellie apoyó la opinión del Profe.

—Es muy peligroso —insistió la rémora—, no podemos arriesgarnos.

Willy ya no podía aguantarse. Caminó hasta el fondo de la cueva, a unos diez metros de donde estábamos, perdiéndose en lo oscurito. Unos segundos después nos atacó el olor, de golpe. Salimos disparados para afuera de la cueva sin reparar en riesgos ni consecuencias. Nos alejamos un poco y nos echamos en la playa a respirar hondo. Luego empezamos a reírnos a carcajadas, revolcándonos en la arena.

—¿Ya ven? —les dije—, sí tiene superpoderes.

Miramos hacia la cueva: Willy estaba en el umbral, sonrojado de pies a cabeza, aunque, como ya dije, en realidad estaba azulado.

—¡Se los advertí! —gritó Merlina, enfadada.

Willy arrugó tanto los ojitos que parecía que se iba a poner a llorar.

—¿Los extraterrestres lloran? —preguntó Nellie.

—¿Qué es llodad? —contestó Willy.

Se lo explicamos, pero resultó que no sabía tampoco qué era una lágrima, el dolor o la tristeza.

—Las rémoras tampoco lloramos —dijo Merlina.

—¿No extrañas a tu familia, a tus amigos? —le pregunté a Willy.

El Profe me interrumpió:

—No me lo vayan a achicopalar, nomás falta que además de inútil y preguntón se nos vuelva telenovelero.

Nos quedamos sentados en la arena y Willy se acercó, a cuatro patas, hasta donde estábamos.

—¡Cámara! —exclamó el Profe—, el compañero es cuadrúpedo.

Fingí sorpresa, como si yo también acabara de descubrirlo. Al llegar a nuestro lado, Willy hizo una maniobra dificultosa para acomodarse en la posición que había mantenido en la cueva, algo parecido a estar sentado.

El Profe se levantó un momento y vigiló en todas direcciones, con la mano extendida sobre las cejas, haciendo de visera. Luego volvió a sentarse, resignado a asumir el riesgo de mantenernos a la intemperie. El sol estaba en su apogeo y nuestros cuerpos agradecían el contraste con la humedad fresca de la cueva, que acababa enfriando los huesos. Willy estaba por primera vez tranquilo y relajado: no tenía hambre, había "evacuado" y parecía haberse dado cuenta de que nosotros no le haríamos daño.

—Allá en tu planeta, ¿tú estudias o trabajas? —le preguntó el Profe.

Tuvimos que hacer una larga explicación sobre la escuela y lo que significaba trabajar y todo para que al final fuera Willy el que nos acabara interrogando.

—¿Y ustedes qué hacen? —quiso saber.

—Yo soy gerente de distribución de mercancías utópicas —dijo el Profe.

Nellie y yo nos reímos.

—Bájale, Profe —dijo Nellie—, en el mercado de abajo dicen que eres un raterillo.

—Tch, niña, no digas palabrotas —le contestó—. Yo sólo

cumplo los deseos de la gente, soy como los Reyes Magos, como Santa Claus, como el Niño Dios.

—¿Es cierto que fuiste cantante? —le pregunté.

—Clarín corneta —contestó—, me decían el Profeta de los Sargazos, el Huachinango de Neón.

—¿Y por qué dejaste de cantar? —le preguntó Nellie.

—Porque no sacaba para los Sagrados Tacos del día, ¿por qué va a ser? —respondió—. Pura hambre era lo que sacaba.

—¿Nos cantas una canción? —le pedí.

Volteó a verme divertido, como si fuera la primera vez que me viera en su vida.

—¿Tú no te habías ido de excursión a traer provisiones? —me preguntó.

—¿Te da vergüenza? —le dijo Nellie.

—No canto desde el paleolítico, muchachitas —nos replicó—. Además, necesitaría una barrigona.

—¿Una qué? —dijimos al mismo tiempo.

—¡Una guitarra!, ¿qué son analfabetas?

Nellie se metió a nadar un rato. Willy intentó seguirla, pero el Profe se lo impidió. Hicimos competencias de rugidos de estómagos. Gané yo. Trajimos más algas para que Willy comiera. Por fin, a la distancia, avistamos a Sabino y a Boris, acercándose desde la otra punta de la playa.

El cilantro es
la hierba mágica

—Te tardaste tres eternidades, maestro —le dijo el Profe a Sabino cuando llegó hasta la playa, donde estábamos aún sentados—. ¿A dónde fuiste?, ¿al planeta del camarada?

Sabino distribuyó los platos desechables mientras nos contaba que había tenido que ir hasta el mercado de arriba. Agarré mi plato y le quité la bolsa de plástico que lo protegía. Los tacos ya estaban fríos. Además, tenían cilantro, era imposible que Sabino recordara que no me gustaba. Crucé las piernas, coloqué el plato en mi regazo y comencé a espulgarle el cilantro a los tacos. Fui tirando las hojitas troceadas en la arena. Willy acercó el hocico y se puso a olisquearlas.

—¿Qué es esto? —me preguntó.

Le expliqué que era una hierba que le daba sabor a la comida.

—Un sabor horrible —añadí.

—Tú estás loca —dijo Nellie, con la boca llena.

—El cilantro es amor —la apoyó el Profe.

—Las hierbas son para purgarse —añadió Boris, para completar el análisis.

Willy siguió olisqueando las hojitas troceadas.

—Huele bien —dijo.

Acto seguido, metió el hocico en la arena y el cilantro desapareció. Volvió a colocarse en esa posición de semisentado, concentrado, al parecer, en el gusto que la hierba había dejado en su paladar. Merlina se despegó un momento del lomo de Willy y fue a buscar los restos a la arena, pero no había nada y se puso a refunfuñar, acusando a Willy de ser un egoísta.

—¿Te gustó? —le preguntó Sabino.

—¡Está buenísimo! —contestó Willy, entusiasmado.

—Claro —repliqué yo—, si lo comparas con las plantas asquerosas que comes…

Sabino le extrajo el cilantro a los tacos que le quedaban y se lo ofreció a Willy. Le fue dando puñaditos directamente al hocico y también convidó a Merlina al banquete.

—¿Tú no comes otra cosa, comadre? —le preguntó el Profe a Merlina—. Yo pensaba que las rémoras se comían los restos de otros peces que sus predadores iban despedazando. ¿No te gustan los calamares?

—Yo soy vegetariana, *compadre* —contestó Merlina.

Nos concentramos en los tacos que, a pesar de estar fríos, sabían a gloria. Bien dicen que el hambre es el mejor condimento. Acabamos de comer y nos quedamos callados, invadidos por la típica flojera que produce la barriga llena.

—¿Hay problemas de energía en tu planeta? ¿Por eso estabas en la central eléctrica cuando te capturaron? ¿Por eso viniste a la Tierra? —le pregunté a Willy para romper el silencio.

—Vine pod todo. Quedemos sabed todo. Lo más impodtante es la explicación de la vida. ¿Tú sabes?

Aunque me lo había preguntado a mí, nos miró a todos, alternativamente, y se quedó esperando a que alguien le respondiera.

—¿Qué explicación? —le preguntó Sabino.

—Pada qué existe la vida, pod qué estamos vivos, pod qué existe el univedso, cómo funciona la vida en la Tieda, ¿tú sabes?

Volvió a mirarnos a todos.

—¡Y dale con las preguntitas! —exclamó Merlina—. A mí tampoco me deja en paz, que si por qué esto, que si por qué lo otro, ya le dije mil veces que yo soy una rémora, no una filósofa, pero no hay manera…

—¿Ustedes no saben? —repliqué—. ¿Pueden viajar por el espacio y venir a la Tierra y no saben eso?

Justo en ese momento sucedió algo muy extraño: a Willy le dio hipo. Seguramente era efecto del cilantro. Pero eso no era lo raro. Lo extraño de verdad era que cada vez que hipaba se materializaba alguna cosa sobre la arena. Primero fue una rebanada de pastel de chocolate. Luego una taza de café.

Después, una almohada. Nos levantamos de un salto y empezamos a brincar de la alegría. Se gritaban unos a otros para confirmar que en eso estaban pensando: Sabino, en el pastel de chocolate; el Profe, en el café; Nellie, en la almohada. Yo no había pensado en nada, amodorrada como estaba. Y antes de que consiguiera hacerlo aparecieron una botella en una bolsa de papel de estraza, más rebanadas de pastel de chocolate, ropa, un tinte para el cabello, una zona de la playa donde había cangrejos. Yo estaba tan azorada que no conseguía concentrarme; además, la secuencia aleatoria e inconexa de objetos me aturdía. Por fin me vino a la cabeza una cosa que podía pedir, ¡una guitarra!, que apareció de inmediato, reluciente, sobre la arena. Entonces Willy dejó de hipar. Y se acabaron los deseos cumplidos.

—Pedón —dijo Willy, no supimos si porque no entendía lo que había hecho o por haber interrumpido la lluvia de regalos.

Nellie y el Profe se estaban dando abrazos de felicidad, Boris saltaba y ladraba espantando a la multitud de cangrejos que surgía de la playa antes despoblada, cuando me di cuenta de que nadie había pensado en pedir lo más importante de todo: cilantro. Aunque no podíamos saberlo con certeza, eso parecía haber provocado el hipo mágico.

—Somos tontos —les dije—, tendríamos que haber pedido cilantro.

—¿No que no te gustaba? —me dijo Sabino.

—¿Tú eres así o te haces? —le replicó Merlina—, ¿no entendiste el truco?

—¿Cuál truco? —preguntó Sabino.

—¡El cilantro es la hierba mágica, *broder!* —exclamó el Profe.

—Eso se arregla fácil —dijo Nellie—, sólo hay que ir al mercado.

Pero Sabino ya no estaba poniendo atención: se estaba dando un atracón de pastel de chocolate.

—Pero el truco tiene límites —dijo de pronto Nellie.

—Simón —confirmó el Profe—, es una pena que el bicho no funcione como cajero automático.

O sea, los dos habían pensado en dinero y Willy no se los había concedido.

—¿Y la barrigona? —preguntó el Profe, apuntando con el dedo hacia el lugar en la arena donde descansaba la guitarra.

—Fui yo —le dije y me agaché para recogerla—. Ahora no tienes excusas.

El Profeta de los Sargazos

—Pon atención, camarada —le dijo el Profe a Willy con la guitarra en el regazo—, así funciona la vida en la Tierra.

Empezó a tocar una melodía lenta, triste, acorde con la puesta de sol en el horizonte, con el espectáculo de colores en el cielo. Cuando los tonos naranjas y azules se volvieron rojos y violetas, el Profe aceleró el rasgar de cuerdas y el ritmo de la melodía se fue intensificando, como si en cualquier momento el cielo y la música fueran a explotar, a volverse fuegos artificiales. Pero luego los colores se apagaron, y también el ritmo retornó a una cadencia lenta. El Profe carraspeó, se detuvo un momento para empinarse un trago de la botella oculta en la bolsa de papel de estraza, empuñó la guitarra de nuevo y empezó a cantar:

Dicen que llegó de lejos,
allende las estrellas,
no es una hermana gaviota,
pero bajó del cielo...

Willy se removió en la arena, los ojitos y las orejas disparados hacia el Profe. Pronto estaría oscuro y tendríamos que volver a refugiarnos en la cueva. Habíamos comido, teníamos regalos, habíamos descubierto los superpoderes de Willy, la música del Profe nos hacía sentir que formábamos parte de un mundo en el que, a pesar de todo, valía la pena estar vivo, disfrutarlo. Era un momento perfecto, a punto de romperse, y saber que no iba a durar, que sería, como todo, efímero, pasajero, lo volvía todavía más perfecto. El Profe seguía improvisando, con dificultades, la letra de la canción:

los niños juegan con él,
andan tras él los Secretos,
y si le das cilantro,
se vuelve un ser mágico…

Entonces Willy empezó a iluminarse. Una luz tenue, cada vez más intensa, nació a la altura de su pecho y se fue expandiendo por su cuerpo. Pensamos que sería otro de sus superpoderes, pero no sucedió nada: simplemente Willy brillaba, resplandecía como un pequeño sol, como una estrella. El Profe, emocionado por el efecto de la música, alargó la canción repitiendo las mismas estrofas una y otra vez, una y otra vez:

un ser mágico,
un ser mágico,
mágico,
máaaaaagico…

Todos nos pusimos a aplaudir en cuanto el Profe remató la canción con un último requinto sideral, que imitaba, supuestamente, el sonido de una nave espacial. Willy, Merlina y Boris, obviamente, no aplaudían, pero no por falta de entusiasmo, sino por limitaciones físicas.

—¿Qué fue eso? —preguntó Nellie, mirando cómo el resplandor de Willy iba apagándose.

—Esto es lo que hace el arte, muchachitos —contestó el Profe.

—¿Estás bien? —le pregunté a Willy.

—Mejod que nunca —respondió.

En unos segundos, había vuelto a la normalidad, pero parecía repuesto de energías, descansado, como si acabara de despertar de un largo sueño.

—¿Cómo se llama la canción? —preguntó Sabino, con su rostro deformado por una cara de zanahoria estratosférica.

—Blues de Willy —contestó el Profe—. Les gustó, ¿no? Y eso que tengo los dedos y el cogote oxidados, amiguitos;

106

además, la poesía es un deporte de alto riesgo. Poeta que no hace versos cada día acaba componiendo el ridículo. ¿A ti qué te pasa? —le preguntó a Sabino—, ¿te sientes mal? No debiste comerte todo ese pastel de chocolate, colega.

Nellie intervino para explicarle lo de la cara de zanahoria y cómo muchas veces nos había servido para conquistar los Sagrados Tacos de cada día.

—Cámara —dijo el Profe—, ¿y qué te pasa por la mollera cuando pones esa cara?

Pensé que Sabino iba a explicarle la historia del conejito y la zanahoria, pero primero empezó a hablar de otra cosa, de manera confusa, como si acabara de entender algo y tuviera que contarlo para ordenarlo en su cabeza, para darle sentido.

—¿Nunca han pensado que todos somos todo? —nos preguntó, luego de varias frases que no entendimos—, ¿que todos formamos parte de lo mismo?, ¿que una hojita de alga es igual que un perro —miró a Boris— y que un perro es lo mismo que un cangrejo? —y apuntó con la mano hacia el cangrejo que Boris tenía atrapado en el hocico—. ¿Y que si esa hojita de alga no existiera no existiría nada?, ¿que sin esa hojita no habría Universo?

—¡Chale! —lo interrumpió el Profe—, es una picaresca metafísica.

—¿¡Una qué!? —preguntó Nellie.

El Profe nos explicó que la picaresca era el arte de ganarse la vida en la calle mediante trucos, estrategias y chanchullos. Lo que nosotros hacíamos, para ser exactos. La metafísica, por su parte, era un área de la filosofía que estudiaba cómo funciona la realidad, cuál es la esencia de las cosas.

—Yo no sé nada de eso —dijo Sabino—, yo sólo sé que una vez estaba viendo a un conejito que se comía una zanahoria y de pronto pensé que la zanahoria se estaba volviendo conejo, que la zanahoria ya era parte del conejo, que la zanahoria y el conejito eran la misma cosa, y que todo era así, que así funcionaban las cosas. Igual que ahora. La música, los colores en el cielo, el pastel de chocolate, Willy, nosotros, todos éramos la misma cosa.

—¿Así funciona la vida en la Tieda? —preguntó Willy, que se había mantenido callado, pero estaba concentradísimo en las palabras de Sabino.

—¡No sabemos! —gritamos, al mismo tiempo, el Profe, Nellie y yo.

Le pasé la mano por la cabeza a Sabino, restregándole el cabello, contenta. Me gustaba mucho cuando hablaba de esas cosas, pero entonces Boris, que había estado entretenido haciendo agujeros en la arena y cazando cangrejos, empezó de pronto a ladrar con fuerza y a dar saltos para llamar nuestra atención. Dirigimos la vista al mar: una lancha se aproximaba a toda velocidad hacia la playa.

—¡Fuímonos, compañeros! —gritó el Profe.

Nos lanzamos a correr desesperados con dirección a la playa del Limón, dejando nuestros regalos esparcidos por la arena. Si nos habían visto, no tendríamos escapatoria. Cada vez oíamos más cerca el ruido del motor. Miré un momento hacia atrás, para verificar que Willy nos siguiera: ahí venía, a la par de Boris, los dos cuadrúpedos trotando a la misma velocidad. Merlina levantó un poco la cabeza y nuestras miradas se cruzaron en la penumbra del atardecer.

—Lo sabía, la gaviota es una traidora —me dijo.

CUARTA PARTE

La guarida de los Secretos

Aquí le decimos Vato

El almacén seguía oliendo a pescado, a pesar de que el mercado llevaba abandonado varios años. En la parte superior del muro que daba al mar había una ventanilla por donde se colaba la escasa claridad de la luna menguante. Los Secretos, al menos, habían tenido el detalle de dejar encendida la lámpara del techo, pero estaba tan mugrosa, recubierta de polvo y grasa, que seguíamos en penumbras.

A Willy lo habían llevado a la sala de pesaje, el mismo sitio donde lo tenían encerrado cuando lo rescatamos. A los demás, Nellie, Sabino, el Profe y yo, nos habían refundido en uno de los almacenes. No estábamos del todo seguros, pero calculábamos que dos o tres cuartos nos separaban de Willy.

Boris había sido el único que había conseguido escabullirse. Aunque escabullirse no sea el verbo adecuado. En realidad, lo habían dejado escapar, los Secretos no vieron ninguna necesidad en retenerlo, ¿para qué?, si se trataba solamente de un triste perro. Ésa era una de nuestras esperanzas. ¿Sería capaz Boris de organizar nuestro rescate? A eso habíamos dedicado los primeros momentos de nuestro encierro, a especular sobre nuestras posibilidades de huida.

Nellie era la más pesimista. Según ella, el perro ni siquiera se preocuparía por nosotros. Se habría ido ya al mercado de arriba a buscar comida entre los desperdicios que sacaban los locatarios por la noche. El Profe, por su parte, que se había dedicado a soplar con ahínco su silbato silencioso, sin éxito, se lamentaba de que la ventana del almacén estuviera fuera de nuestro alcance. Según él, si consiguiera asomarse podría convocar a Isadora y organizar el rescate. Sin embargo, la sospecha planeaba sobre Isadora: ¿por qué no nos había avisado de la llegada de los Secretos?, ¿le habría ocurrido alguna cosa o era una traidora, como había dicho Merlina? Podría ser, como sugería el Profe, que no respondiera a sus llamados porque los silbidos silenciosos no alcanzaran a llegarle, pero también podría ser que los estuviera ignorando…

Sabino era el más acongojado de todos, pero sufría especialmente por Willy. Y no era por interesado: se había encariñado de verdad con el bicho. He de confesar que a mí me pasaba lo mismo. En el fondo, Willy era como Sabino, bueno, muy bueno y un poco tonto, como todos los buenos. Nos daba miedo que no estuviera preparado para la malicia de los Secretos. Imaginamos que lo seguirían sometiendo a experimentos y pruebas para descubrir sus capacidades, sus famosos superpoderes. Como fuera, nos parecía poco probable que le dieran a probar el cilantro.

A la distancia oíamos los rumores y ecos del trajinar de los Secretos. Además de los tres que nos habían perseguido y capturado en la playa, en el mercado de pescadores nos estaban esperando el Capitán Críptico y dos doctoras: la Doctora Hermética y la Doctora Arcano. Qué lástima que Boris no estaba con nosotros, se habría puesto orgullosísimo de lo acertado de sus deducciones.

Los Secretos nos entregaron al Capitán Críptico, mientras que las doctoras se hacían cargo de Willy. En cuanto se quedó a solas con nosotros, el Capitán Críptico se fue directo hacia Nellie y le quitó el gorro rastafari de la cabeza, liberando su pelo verde.

—¡El teléfono! —le ordenó—, dame el teléfono, niña-del-pelo-verde.

Nellie buscó con la mirada la complicidad del Profe, en busca de ayuda, pero el resto estábamos concentrados en ver cómo se alejaban las doctoras con Willy, rumbo a la sala de pesaje.

—No me hagas perder la paciencia —insistió el Capitán Críptico.

Finalmente, Nellie metió la mano derecha al bolsillo del *short* y extrajo el aparatito. Al ver cómo se lo entregaba volví a pensar en que no estaríamos metidos en ese lío si no fuera por ese teléfono; es decir, por culpa de Nellie. Pero también era cierto que gracias a ella habíamos encontrado a Willy. Así eran todas las cosas con Nellie: malas y buenas al mismo tiempo, negativas y positivas, grises, no había blancos y negros. Ella misma era así. Se hacía la dura, la cabeza de rinoceronte, la mala, malísima, según ella, pero en el fondo no era más que una niña insegura, un poco triste y melancólica, como toda la gente que simula ser lo que no es.

—¿Y ahora qué voy a hacer con ustedes? —dijo el Capitán Críptico, con la cabeza gacha, revisando el teléfono.

El Profe se apresuró a responderle, asumiendo su papel de único adulto de la pandilla.

—Deja que nos piremos, maestro, puedes confiar en nosotros, te mantendremos el secreto.

—Estaba pensando en voz alta, *maestro* —contestó el Capitán Críptico.

Levantó la cabeza del teléfono y nos observó de pies a cabeza, uno a uno.

—Vaya pinta de desharrapados —dijo.

—¿Qué le van a hacer a Willy? —le preguntó Sabino.

—¿Willy? —dijo el Capitán Críptico—, ¿le pusieron Willy?

Se rio a carcajadas con la boca tan abierta que le vimos restos de comida, de Sagrados Tacos, entre las muelas.

—Aquí le decimos Vato —aclaró.

—Cámara —dijo el Profe—, los Secretos son norteños.

—Es un chiste, *maestro* —replicó el Capitán Críptico—, las doctoras dicen que las mantarrayas pertenecen a la familia de los "batoideos".

—¿Qué van a hacerle? —insistió Sabino.

—Es un secreto —contestó el Capitán Críptico—, a eso nos dedicamos los Secretos, a hacer secretos, ¿o qué pensabas?

Vigiló hacia todos lados para asegurarse de que nadie lo escuchara.

—Por su culpa perdí un negociazo, bola de zarrapastrosos —dijo—. Pero esto no se va a quedar así, ustedes me van a ayudar a arreglarlo.

Se levantó un poco la camisa para mostrarnos algo.

—¿Saben lo que es esto? —nos preguntó.

Vimos el arma en el estuche prendido en el cinturón.

—Más les vale que se porten bien conmigo —añadió.

Luego, a punta de pistola, nos encerró en el almacén.

Estábamos, pues, en medio del fuego cruzado: a merced de la venganza de los Secretos y amenazados por el Capitán

Críptico, que no estaba dispuesto a renunciar a sus planes. Dependíamos de Boris o de Isadora. De un perro o de una gaviota. No era, la verdad, un escenario para estar optimista, pero entonces la salvación llegó por debajo de la puerta…

Arrastrándose sigilosamente desde la sala de pesaje, de espaldas, para evitar que su ventosa se adhiriera al suelo, entró en el almacén, como una auténtica heroína, Merlina.

El secreto de los Secretos

Luego de recuperarse del esfuerzo, Merlina nos informó que los Secretos planeaban trasladar a Willy a un laboratorio de la capital donde podrían someterlo a más pruebas. Lo sabía porque había escuchado a la Doctora Arcano y a la Doctora Hermética dándole instrucciones, por teléfono, a la persona que estaba organizando el transporte. Le pedían un vehículo con cámara frigorífica. Aparentemente, su idea era producirle a Willy una hipotermia para disminuir al mínimo sus funciones vitales y así evitar, según ellas, una sorpresa en el trayecto.

El traslado estaba previsto para el día siguiente al caer el sol, es decir, sobre las seis, seis y media de la tarde en esa época del año. Si pretendíamos hacer algo para evitarlo, teníamos menos de veinticuatro horas.

—¿Y qué van a hacer con nosotros? —le preguntó Nellie a Merlina.

—No lo sé —contestó—, las doctoras sólo se encargan de Willy.

Eso quería decir que nuestro destino estaba en manos del Capitán Críptico y sus secuaces.

Los Secretos estaban organizados en dos grupos: "científicos" y "guardianes". Entre los científicos había biólogos, físicos, astrónomos, matemáticos, un sinfín de especialistas en todos los campos del conocimiento. Los llamados "guardianes" no eran otra cosa que los guardaespaldas de los científicos, un comando que los protegía y vigilaba. Se hacían llamar entre ellos "capitanes", como si se tratara de un rango militar o policiaco, y el jefe tenía el tratamiento de "teniente". Nadie vio ni supo nada del Teniente Sibilino, jefe de todos los capitanes, pero él era el que dirigía las operaciones.

Por supuesto, todo esto sólo lo supimos después, gracias a las investigaciones del Profe y de los periodistas de Puerto Ficción.

Se trataba, pues, de una organización científico-militar que funcionaba en todo el mundo desde hacía al menos ciento cincuenta años. Su objetivo era descubrir el sentido de la vida en el Universo, desvelar los grandes misterios de la humanidad, de la naturaleza y del cosmos, entender cómo funciona la vida en la Tierra. Eran financiados por los hombres más ricos del planeta, que pretendían utilizar estos conocimientos para mantener su dominio sobre el mundo.

La de Puerto Ficción era una delegación pequeña de Secretos, que de pronto se había vuelto relevante por haberse topado con Willy. Tenían contactos en las policías y en los gobiernos, contaban con mucho dinero para sobornar y obtener información privilegiada, y así resultaba fácil imaginar cómo habría llegado Willy a sus manos. Un empleado de la central eléctrica lo habría encontrado, habría avisado a la policía y la policía lo habría "vendido" a los Secretos.

Una de las actividades más importantes de los Secretos era difundir versiones falsas sobre los secretos del Universo y de la Tierra. Era una labor de confusión para preservar la posesión de los misterios que iban desvelando. Así, por ejemplo, si descubrían la verdad sobre cómo se habían construido las pirámides, de inmediato divulgaban un montón de información sobre el tema, todo para contradecir lo que habían descubierto, todo mentiras. Para ello contaban con revistas, páginas de internet, acceso a la televisión y a la radio.

Eso fue lo que hicieron, de hecho, cuando los periodistas de Puerto Ficción publicaron su reportaje sobre la delegación de los Secretos en la ciudad. Para contrarrestarlo, de golpe aparecieron decenas de artículos y reportajes con versiones diferentes, más y más descabelladas, más ridículas, de manera que nadie iba a creer que aquel reportaje original tenía algo de verdadero. Pero los que vivimos las cosas en primera persona sabíamos que todo era cierto.

Una rémora sin casa

Era un plan arriesgadísimo, con escasas probabilidades de triunfar; sin embargo, era lo único que podíamos hacer. O lo único que se nos ocurrió. El Profe le enchufaría el silbato a Merlina en el hocico, quien debía trepar el muro utilizando su ventosa, alcanzar la ventana y soplar fuerte para llamar a Isadora.

—No es una ventosa —interrumpió Merlina al Profe cuando le daba las instrucciones—, se llama "disco succionador".

El Profe se rio como si le hubieran contado un chiste.

—Aquí mejor le vamos a decir ventosa porque hay niños presentes —le dijo.

Lo más difícil, en realidad, fue convencer a Merlina de que Isadora era de fiar. Luego de discutirlo un rato, acabó entendiendo que, si quería salvar a Willy, no le quedaba de otra. Y tenía que salvarlo, para ella era una cuestión de sobrevivencia, porque una rémora no es nada sin su hospedador: Willy era su casa. Nosotros sabíamos muy bien lo difícil y triste que era no tener una casa.

Si Isadora acudía, Merlina le ordenaría que nos trajera cilantro. Luego Merlina transportaría la hierba mágica hasta la sala de pesaje y el resto todavía no lo teníamos claro, salvo que no podíamos fallar al elegir los deseos.

En caso de que Isadora no respondiera al llamado del silbato, estábamos perdidos. La lentitud con la que se movía Merlina hacía imposible que fuera hasta el mercado de arriba a buscar cilantro y volviera a tiempo.

Cuando Merlina llegó a la ventana cesaron nuestros murmullos, se hizo un silencio total. Era absurdo, pues de todas maneras el silbato era mudo. Sopló una, dos, varias veces. Esperamos. Nada. Volvió a hacerlo. Nada. Pasaron unos minutos y Merlina se giró trabajosamente para mirarnos, sin soltar el silbato de la boca, de lo contrario no podría volver a colocárselo. Su mirada hablaba, nos decía.

—Es una traidora, se los dije.

Sabino empezó a sollozar, desconsolado. El Profe también estaba decepcionadísimo. Suspiraba temiendo lo peor, que algo le hubiera pasado a Isadora, pues descartaba por completo que nos hubiera traicionado. Miré a Nellie y la descubrí asustada, me acerqué y le di un abrazo fuerte, apretado. Sabino se aproximó y se unió al abrazo. Estábamos más solos que nunca en la vida. No teníamos un hogar, ni una familia, ni una casa.

¿Dónde estarían papá y mamá?

¿Por qué no venían a rescatarnos?

¿Por qué no habían vuelto del norte, si hasta los animales migratorios regresaban cada año?

Éramos rémoras sin casa, sin nadie a quien adherirnos para que nos alimentara y nos protegiera.

Estábamos a la deriva, como si el oleaje del mar nos arrastrara y no supiéramos nadar y nuestros pies no alcanzaran a tocar la arena.

Apreté a Nellie y a Sabino con más fuerza entre mis brazos, estaba a punto de ponerme a llorar, pero justo en ese momento escuchamos a Merlina:

—¡Eh, es Boris!

El silbato cayó al suelo del almacén desde la ventana.

—¡Boris! —dijo Sabino, eufórico.

—¿Y de qué nos va a servir el perro? —replicó Nellie, que se había separado de mi abrazo y volvía a meterse en ese caparazón duro que la protegía.

Merlina nos dijo que Boris le hacía señas con el hocico, indicándole que bajara. Dudamos un momento. Sería una operación trabajosa y tardada. Entonces alcanzamos a escuchar que Boris decía algo. Merlina dio un pequeño salto de alegría.

—¿Qué pasa? —preguntó Sabino.

—¡Dice que trae cilantro! —contestó Merlina.

Sin esperar nuestra opinión, Merlina desapareció de nuestra vista y emprendió el camino hacia Boris. Mientras la esperábamos, nos pusimos a hacer la lista de las cosas que habría que pensar cuando Willy ingiriera la hierba mágica. Como no teníamos dónde escribir, y como debíamos transmitirle a Willy la lista con precisión, la repetimos una y otra vez, como si fuera una letanía.

Dos puertas abiertas.

Una en la sala de pesaje, en el muro del mar.

Otra en el almacén donde nos tenían encerrados a nosotros, también en el muro del mar.

Seis jaulas.

Una alrededor de la Doctora Arcano.

Otra alrededor de la Doctora Hermética.

Otra alrededor del Capitán Críptico.

Otras tres alrededor de los tres Secretos que nos habían capturado y que estaban de guardia.

Una lancha para seis pasajeros estacionada en el atracadero del mercado de pescadores.

Lo complicado era que, para que el plan funcionara, habría que materializar todas esas cosas al mismo tiempo. De esta manera, los Secretos no tendrían capacidad de reacción.

No habíamos tenido tiempo de probar cómo funcionaba exactamente el truco del cilantro y teníamos bastantes dudas. ¿Sería capaz Willy de producir esos efectos? ¿Sería suficiente la cantidad de cilantro que le suministraríamos? ¿Tendría Merlina que pensarlo todo, porque sería la única que estaría presente con Willy cuando comiera el cilantro? ¿O funcionaría también si nosotros lo pensábamos a la distancia?

—Dicen que los peces tienen pésima memoria —les dije al Profe y a Nellie.

—¿Se te ocurre algo mejor? —preguntó Nellie.

—Sólo hay agua de jamaica —concluyó el Profe.

Me quedé callada, pero no podía dejar de preocuparme.

¿Y si en esta ocasión no le diera hipo?

¿Y si el truco ahora no funcionara?

Entonces me di cuenta de algo que debíamos pedir, por precaución.

—Falta algo en la lista —les dije.

—¿Tacos de suadero? —preguntó Sabino.

—Más cilantro —añadí—, por si algo falla.

El truco del cilantro

Salimos disparados en cuanto vimos aparecer la puerta en la pared del muro, pero algo no iba bien. Para empezar, no se trataba exactamente de una puerta, sino de un agujero mal hecho, como si unos albañiles hubieran empezado a demoler la pared y lo hubieran dejado a medias para irse a tomar el desayuno. Luego, la puerta desapareció en seguida. Se había "materializado" apenas unos segundos. El Profe, Nellie y yo, desde afuera, miramos atónitos el muro reconstruido, intacto: Sabino se había quedado atrapado adentro. Pero esta vez, no le había pasado por lento, o por incauto. Había decidido salir al último para protegernos, nos había empujado a Nellie y a mí antes de pensar en sí mismo.

Corrimos a buscar a Willy y a Merlina y descubrimos que en el muro de la sala de pesaje el agujero aparecía y se esfumaba, aparecía y se esfumaba, aparecía y se esfumaba, de manera intermitente. Nos acercamos y vimos que adentro Willy estaba siendo retenido por el Capitán Críptico y otro de sus secuaces. En un rincón, la Doctora Arcano y la Doctora Hermética estaban encerradas en una jaula de alambre. El material no parecía muy resistente y, de hecho, ellas ya estaban abriendo un hueco para escaparse.

Sin pensarlo más, Nellie saltó hacia el interior de la sala. El muro se cerró tras ella y alcanzó a golpearla en las piernas. Esa era la parte buena de tener la cabeza dura como un rinoceronte, de vivir metida en un caparazón de tortuga: Nellie era de verdad valiente. Al abrirse el agujero de nuevo, vimos que le lanzaba ramos de cilantro a Willy, directo al hocico, esquivando la persecución del Secreto que acompañaba al Capitán Críptico. Se materializó entonces una jaula en la que quedaron atrapados los Secretos. Willy se desplomó de espaldas.

—¡Necesito ayuda! —nos gritó Nellie.

El agujero en el muro seguía abriéndose y cerrándose. Si entrábamos y se cerraba para siempre, como había sucedido con el del almacén, nos quedaríamos todos atrapados. El Profe reaccionó primero, yo lo seguí de inmediato. Levantamos a Willy del suelo, salvando de paso a Merlina del aplastamiento.

—¡Que nadie se mueva! —gritó de pronto el Capitán Críptico.

Nos preparamos para ignorarlo, pero entonces vimos, de reojo, que nos apuntaba con una pistola. Era el peor escenario posible: nos atraparían y, por si fuera poco, les habíamos revelado el gran secreto, los superpoderes de Willy.

—¡Que el bicho abra la jaula! —gritó el Capitán Críptico—, ¡ahora!

El otro Secreto estaba ya abriendo un hueco en el alambre y en el rincón las doctoras estaban a punto de poder escaparse. Afortunada, o desgraciadamente, Willy no reaccionaba, se había desmayado, seguramente por el esfuerzo que había realizado. El Profe empezó a cantarle, primero susurrándole al oído y luego cada vez más fuerte:

Dicen que llegó de lejos,
allende las estrellas…

El cuerpo de Willy se fue iluminando poco a poco. Yo aproveché para pensar en una culebra. Una culebrita de mar, inofensiva, como las que a veces capturaba para divertirme. Una culebrita en la mano derecha del Capitán Críptico, en lugar de la pistola…

En cuanto la culebra sustituyó al arma, en cuanto oímos el grito de sorpresa del Capitán Críptico, que fue como un disparo de salida, saltamos para atravesar el muro y nos encontramos fuera.

En el atracadero no había lancha. Boris ladraba y saltaba para que no nos olvidáramos de Sabino. Nellie corrió hacia la entrada del mercado para ver si conseguía liberarlo. El resto nos concentramos en reanimar a Willy. Merlina le daba más cilantro, yo sargazos, que recogía directamente del agua. El Profe seguía cantando. El muro de la sala de pesaje se cerró definitivamente. No teníamos idea de cuánto iban a durar las jaulas, de cuánto tardarían las doctoras y los Secretos en acabar de desmontarlas. Debíamos darnos prisa.

Nellie volvió acompañada de Sabino, ¡qué alivio! Pero venían cabizbajos. Sabino cargaba, entre sus brazos, acunándola como a un bebé, a Isadora. La gaviota no respiraba.

—La encontramos al salir —comenzó a explicarle al Profe, pero luego se calló porque no supo cómo seguir.

Merlina se asomó desde el lomo de Willy.

—Lo siento —dijo—, lo siento mucho.

—Tenemos que irnos —dijo el Profe—, rápido.

Sin necesidad de ponernos de acuerdo, nos agarramos todos de la mano, haciendo un círculo, y pensamos en la lancha que necesitábamos. No conseguimos producir una de seis plazas, ni tan veloz como nos hubiera gustado, pero sería suficiente. Subimos al vehículo y arrancamos con dirección mar adentro, rompiendo las olas.

—¿A dónde vamos? —preguntó Nellie.

—A liberar a Willy —contestó el Profe.

Sabino mantenía a Isadora entre sus brazos.

—¿Qué le habrá pasado? —preguntó Merlina, acongojada.

—La deben haber atrapado cuando iba a darnos la alerta —contestó Boris—. Quizá uno de los Secretos la reconoció, quizá era el mismo que vigilaba la puerta del atracadero cuando rescatamos a Willy.

—Lo importante es que la colaboradora dio su vida por la causa —lo interrumpió el Profe.

—¿Qué causa? —preguntó Sabino.

—¡Nosotros, *broder!* —respondió el Profe.

Conforme nos íbamos alejando del mercado de pescadores, las luces del Puerto y de la ciudad parecían cada vez más irreales.

—¿Podemos hacer algo antes? —preguntó Nellie.

La observé en la penumbra. Su pregunta en realidad era una súplica.

—¿Qué? —preguntó el Profe.

—Me gustaría visitar a mi mamá —contestó Nellie, luego agregó—: ¿Sobró cilantro?

Canción de despedida

El Profe detuvo la lancha cuando en el horizonte se avistaba el Peñón Imaginario. Era una roca enorme, en medio del mar, bautizada así porque los pescadores decían que, en días de niebla o lluvia, tenía una apariencia fantasmagórica, irreal, como salida de un sueño. Estaba lo suficientemente lejos de la costa, y de los arrecifes de coral, para estar a salvo de los turistas. Tampoco había bancos de peces abundantes en la zona que atrajeran a los pescadores. Lo único que había era sargazos.

—Aquí estarás a todo dar —le dijo el Profe a Willy—, por aquí podrás esperar los cuatro mil trescientos amaneceres sin que nadie venga a jorobarte. Bueno, sólo Merlina —añadió, con una sonrisa triste.

Willy suspiró. Hicimos la promesa de no venir a buscarlo, pues lo pondríamos en peligro. Si queríamos salvarlo, si queríamos que regresara a su planeta, deberíamos abandonarlo y no volver a verlo nunca.

Lo abrazamos, uno por uno, para despedirnos. Nellie se permitió salir de su caparazón un momento para darle las gracias por haber sido tan generoso con su mamá y su hermanito. Willy los había instalado en una casa con todas las comodidades, con la cocina llena de comida y los armarios repletos de ropa. Un lugar para empezar de nuevo. Una nueva oportunidad. Un buen punto de partida.

—¿Volvedás a vivid con tu mamá? —le preguntó Willy.

—No —contestó Nellie—, ya no me podría acostumbrar.

Nos dijo que le gustaría irse a vivir al norte, buscar una nueva vida lejos de Puerto Ficción y de los Secretos. En ese momento, el color de su cabello se transformó y reapareció su bonita melena negra. Merlina seguía suministrándole cilantro a Willy y todos tomábamos la precaución de asegurarnos de que la hierba mágica no se agotara. Nadie podía quejarse, Willy nos dejaba muy bien provistos.

El Profe tomó el cuerpo de Isadora y lo depositó en el mar. Le había amarrado, a una de las patas, un saco con piedras que serviría como lastre para asegurarse de que la gaviota alcanzara el fondo. Presenciamos en silencio cómo iba hundiéndose.

—¿No quieres enterrarla? —le preguntó Sabino.

—El hogar de Isadora es el mar —le respondió el Profe—. Es el truco de la zanahoria, camarada. A Isadora se la come-

rán los peces, sus plumas se desintegrarán en el agua. Se volverá pez, alga, plancton, medusa, coral. Se volverá mar. Isadora volverá a ser parte de todo.

Guardamos silencio.

—Así funciona la vida en la Tierra —añadió.

Boris metió el hocico al agua, vigilando el viaje de Isadora hacia la profundidad. Luego levantó la cabeza al cielo y comenzó a declamar:

—La gaviota palpita en el aire dormido, y al lento volar soñoliento, se aleja y se pierde en la bruma el sol…

El Profe tomó la guitarra que acababa de materializarse, dedicó los primeros instantes a afinarla y luego se puso a cantar la canción de una gaviota que se hacía amiga de una rémora, de un perro que le perdonaba la vida a un cangrejo, de un ser de otro mundo que cumplía deseos como si hubiera salido de una lámpara maravillosa y de tres niños valientes que no podían volver a casa, pero encontraban un hogar.

Escuchamos un chapoteo.

Y observamos una luz que se alejaba bajo el mar.

Epílogo

Un buen punto
de partida

Cumplimos nuestra promesa. No volvimos a buscar a Willy, si lo hubiéramos hecho lo habríamos puesto en peligro. La verdad es que, paranoias aparte, los Secretos no volvieron a meterse con nosotros, aunque resultaba obvio imaginar que seguirían buscando a Willy.

Hace unas semanas, cuando nadaba mar adentro por la playa del Limón, de repente sentí que algo se me pegaba a la espalda y me succionaba. Al principio me asusté, pensando que algún bicho me atacaba. Pero era una rémora. Era Merlina. Me traía noticias de Willy.

Habían pasado casi cuatro mil amaneceres y la evacuación era inminente. Nos reímos del chiste, recordando la peste en la cueva. Merlina me confesó que no habían sido años fáciles, que habían tenido que abandonar el Peñón Imaginario porque los Secretos enviaron a un grupo de submarinistas a explorarlo. Se iban cada vez más lejos y no siempre encontra-

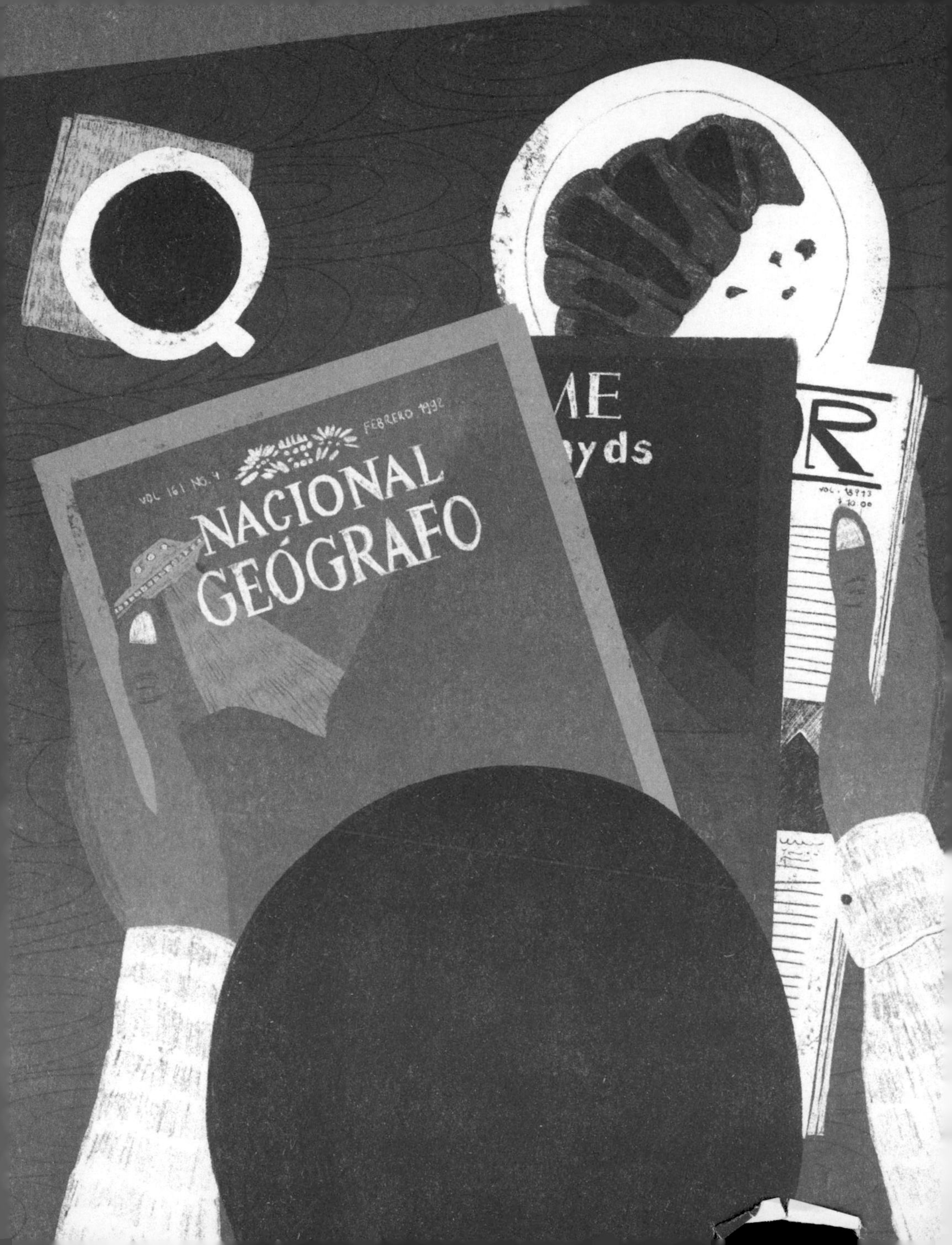
FEBRERO 1992
VOL 161 NO. 4
NACIONAL
GEÓGRAFO
ME

ban las Benditas Algas de cada día. Pero confiaban en aguantar el tiempo que faltaba.

Merlina me preguntó por los demás, por Nellie y Sabino, por Boris y el Profe. Le conté que Nellie y Sabino se habían ido al norte. Que el Profe decidió quedarse y alimentar las teorías de la conspiración sobre los Secretos. Según él, ésa es la manera de estar a salvo, exponiéndose abiertamente. Había vuelto a ser el Profeta, pero ya no le apodaban el Profeta de los Sargazos, sino el Profeta de los Secretos. Le dije que podían quedarse tranquilos, que el Profe no había revelado nada sobre Willy, pero con ayuda de sus amigos periodistas se dedicaba a desvelar los secretos de los Secretos. Boris lo acompañaba a todas sus conferencias.

Willy nos mandaba decir que durante todos estos años había conseguido entender algunas cosas sobre la vida en la Tierra, pero que casi todo lo que sabía, lo más importante, lo fundamental, lo había aprendido con nosotros. Estaba listo para marcharse a su planeta, aunque todavía no lo entendiera todo.

A la mejor nunca llegaríamos a entenderlo todo, a la mejor era imposible.

Pero era un buen punto de partida.

Nos despedimos y yo volví a la playa nadando, contenta.

Más tarde, recibí un mensaje de Sabino.

Era una foto de su hijo vestido con el uniforme del equipo de beisbol de la escuela.

Le contesté con un mensaje de texto:

—Te manda saludos Willy. Dice que no te olvides de comer zanahorias.